現代主義
及其不滿

陳芳明——著

陳芳明 主編
台灣與東亞

台灣
與東亞

「台灣與東亞」發行旨趣

陳芳明

「東亞」觀念進入台灣學術界，大約是近十年的事。但歷史上的東亞，其實像幽靈一樣，早就籠罩在這海島之上。在戰爭結束以前，「東亞」一詞，挾帶著相當程度的侵略性與壟斷性。它是屬於帝國主義論述不可分割的一環，用來概括日本殖民者所具有的權力視野。傲慢的帝國氣象終於禁不起檢驗，而在太平洋戰爭中一敗塗地。所謂東亞概念，從此再也不能由日本單方面來解釋。尤其在跨入一九八〇年代之後，整個東亞地區，包括前殖民地的台灣與韓國，開始經歷史無前例的資本主義改造與民主政治變革。一個新的東亞時期於焉展開。

二十一世紀的國際學界，開始浮現「後東亞」一詞，顯然是相應於後結構主義的思考。所謂「後」，在於強調新的客觀條件已經與過去的歷史情境產生極大差異。在新形勢的要求下，東亞已經成為一個複數的名詞。確切而言，東亞不再是屬於帝國的獨占，而是由東亞不同國家所構成的共同觀念。每一個國家的知識分子都站在自己的立場重新出發，注入殖民時期與戰爭時期的記憶，再定義東亞的政經內容與文化意涵。他們在受害的經驗之外，又具備信心重建主體的價值觀念。因此東亞是一個頗具挑戰性的概念，不僅要找到本身的歷史定位，同時也要照顧到東亞範圍內不同國籍知識分子所提出的文化反省。

東亞的觀念，其實富有繁複的現代性意義。所謂現代性，一方面與西方中心論有千絲萬縷的關係，一方面又與資本主義的引介有相當程度的共謀。當台灣學界開始討論東亞議題時，便立即觸及現代性的核心問題。在歷史上不斷受到帝國支配的台灣，不可能永遠處在被壓抑、被領導的位置。進入一九八〇年代以後，台灣學界開始呈現活潑生動的狀態，許多學術工作已經不能只是限制在海島的格局。凡是發出聲音就必然可以回應國際的學術生態，甚至也可以分庭抗禮。這是一個重要的歷史轉折時期，不僅台灣要與國際接軌，國際也要與台灣接軌。

「台灣與東亞」叢刊的成立，正是鑑於國內學術風氣的日漸成熟，而且也見證研究成果的日益豐碩。這套叢刊希望能夠結合不同領域的研究者，從各自的專業領域嘗試探索東亞議題的可能性。無論是文學、歷史、哲學、社會學、政治學的專業訓練，都可以藉由東亞作為媒介，展開跨領域的對話。東亞的視野極為龐大，現代性的議題則極為複雜，尤其進入全球化的歷史階段，台灣學術研究也因而更加豐富。小小的海島，其實也牽動著當代許多敏感的議題，從歷史記憶到文學審美，從環保行動到反核運動，從民主改革到公民社會，從本土立場到兩岸關係，從經濟升級到勞工遷徙，無不細膩且細緻地開啟東亞思維。本叢刊強調嚴謹的學術精神，卻又不偏廢入世的人文關懷。站在台灣的立場，以開放態度與當代知識分子開啟無盡止的對話。

未完的美學在地化
——《現代主義及其不滿》序

現代主義運動對台灣人文價值的衝擊，可謂至大且鉅。從漢語變革到性別取向，都劃出一條鮮明的軌跡。台灣現代主義的先驅當年在追求全新美學之際，從未受到恰當的祝福，也從未想過究竟會對台灣社會帶來怎樣的影響。如果這個美學運動出發點放在一九五〇年代末期，那麼到今天整整半個世紀已經過去。現在似乎到達一個可以從容回顧的高度，重新俯望現代主義的抑揚頓挫。這樣一場無聲的寧靜革命，其實完全改變了我們的說話方式與審美經驗，也改變了現實中的權力支配與道德規範。

在二〇一一年所完成的《台灣新文學史》，一言以蔽之，無非是要為戰後現代主義運動進行辯護。前後動用五個篇章細緻描述，原因無他，在於強調現代主義的貢獻勝於其他時期。參與其中的那麼多的文學與藝術工作者，曾經承受令人無法想像的詛咒與譴責。然而，他們畢竟成功地翻轉了歷史評價。至少在新世紀之初，我們具體見證現代主義者次第受到國家文藝獎的肯定。這個事實足以說明，台灣社會必須經過三、四十年的緩慢消化，才終於承認了現代主義所開創出來的成就。遠在一九九九年，當時文建會曾經舉辦「文學經典三十」的選拔，入圍的名單有三分之二以上都是現代主義者。那場票選的結果，引起國內文壇嘩然。來自本土派陣營的群起攻訐，最後證明並未奏效。時間是最公平的審判者，美學原則畢竟還是超越意識形態。

對於現代主義的評價，必須從藝術作品的內部結構與外在影響慎重考察。就內在而言，這場美學洗禮使暗潮洶湧的無意識世界暴露出來。作家能夠涉獵的範圍，不再只是停留在現實的觀察，而是反過來對肉體與心靈的深入考察。不僅如此，情緒與情欲的議題也開始進入文學營造的範疇。就在這一點上，藝術表現開始出現了斷裂。過去的寫實文學，基本上是在道德與悖德之間劃清界線。進入現代主義文學之後，負面書寫逐漸獲得重視。世間所謂的悖德，如邪惡、沉淪、墮落的幽暗面，慢慢受到作家勇敢注視。這是一個結束的開始，文學不再為傳統的道德背書，掙脫了禮教的枷鎖，作家可以放手去探索深不可測的心靈黑洞。一個全新美學從此誕生。

對於先驅的創作者而言，他們面對的是一個從未探險的遼闊疆域。為了更忠實、更細微描寫內心世界，白話文的書寫傳統不能不受到全面反省。無以名狀的情緒流竄，無可依傍的情欲流動，似乎不是鬆懈的白話文能夠勝任，而有必要訴諸另類的語言表現方式。在新的文學生態裡，創作者在語言經營上不斷從事實驗。凡是能夠到達內心世界的各種途徑，作家都樂於去嘗試。語言的斷裂、變形、改造、濃縮的不同提煉技巧，就在這段時期推陳出新。所謂文字鍊金術，便是利用漢字的象形與會意，開發並延伸固有的內容，使最濃縮的文字釋放最豐富的意義。這種漢字書寫的現代主義，曾經在上海與香港發生，但不是過於短暫，便是不夠全面。只有在台灣，這場龐大的美學運動，不僅有世代傳承，並且跨越不同的藝術領域。經過漢字鍛鑄與台灣風土的改造，現代主義的在地化，於焉完成。

參與現代主義運動的作家，包括本省與外省，女性與男性，容納的美學觀念，完全來自台灣土壤。現代主義美學的傳播，藉由翻譯與理論的路徑而抵達，現在已經很難找到最初的原點，也很難找到它真正完成的時間。但既然是作為一種運動，其起源與終點都屬於高度的流動。其實到今天為止，現代主義還在移動之中。一九九〇年代以後，有人把台灣文學命名為後殖民或後現代，卻無法否認現代主義精神仍然蓬勃發展。即使從新世代作家的創作軌跡來看，他們的美學原則與創作技巧，也可看見現代主義的烙印。藝術成就從來就不屬於政治立場或意識形態的範疇，自鄉土文學論戰以降，現代主義就受到極大的誤解。在那段硝煙瀰漫的過程中，有人刻意把現代主義與鄉土文學割裂成兩個陣營。經過那場論戰後，似乎鄉土與現代被迫站在兩個對立面，這是對藝術精神的最大錯誤解讀。在文學史上，鄉土與現代其實是可以互相流通，互相對話的美學。以愛爾蘭文學的葉慈（W. B. Yeats）與喬埃斯（James Joyce）為例，他們從本國鄉土傳統汲取豐富的文學養分，而終於成為西方現代主義運動的典範。

激情的論戰，也許可以充分表達飽滿的政治信仰，卻無法企及文學的藝術高度。一九七〇年代的論戰烽火，已經煙消雲散。禁不起時間檢驗的，反而是那些旗幟鮮明的意識形態。曾經遭到貶抑、污名化的現代主義作品，終於還是涉過時間長河，對後人展現它既有的藝術深度與廣度。就深度而言，一個時代的無意識世界，曾經受到徹底挖掘。縱然那世界像是無底洞，湧動著看不見的想像、欲望與感覺，或竟是瘂弦詩中所說的「深淵」，可以透過具體文字而呈現出來。那世界，可能是悖德，可能是污穢，或可能是墮落，我們稱之為負面書寫（writing of the negative），相當完整浮現在讀者眼前。那是真實的人生，也是赤裸裸的人性，卻是善良的筆所無法抵達之處。必須到達黑暗人性的最底層，才有可能體會什麼是真正的救贖與昇華。

就廣度而言，從來沒有一個運動像現代主義那樣，展現其氣勢磅礡的一面。僅是文學一端，台灣社會見證了詩、散文、小說、評論的豐饒與繁複，更別提在音樂、繪畫、戲劇、電影、各個面向的拓展。那是一個陣容相當整齊的時代，他們可能在各自領域努力營造，卻不時相互支援，相互對話。那種精神結盟所產生的力道，創造了文學史上相當罕見的格局。當現代詩論戰進行之際，現代繪畫也正展開激辯。但無論那種對話有多極端，似乎已經為那個時代的美學指出明確方向。論戰，其實是一種陣痛，那是一個全新文化生命誕生之前的必然過程。當情緒退潮後，留在岸上的正是最好的藝術作品。

這本文集，並非是對整個現代主義運動的全面評價，而是以抽樣的方式，來檢驗一個時代美學是如何形塑起來。書中所討論的新批評，是如何透過翻譯現代性的路徑來到台灣。一個理論的旅行，往往不能輕易察覺，在點點滴滴的傳播中，慢慢累積起來。到今天為止，台灣從來沒有出現過新批評的完整介紹，甚至也沒有艾略特全集或葉慈全集的完整翻譯。確切地說，台灣現代主義者從來不是照搬西方理論。在那荒涼的時代，只要有一點點酵母或觸媒，就可產生極為龐大的效應。因此，現代主義常常被指控為西方帝國主義的亞流，其實是非常不符合史實。除了最初理論上的些微點撥，現代主義稍後開展出來的題材與技巧，完全來自台灣社會。新批評所發揮的作用，便是使台灣作家注意到精讀或細讀的訣竅。而這樣的效用，又從閱讀擴展到創作層面。無論是詩、散文、小說的作者，都相當自覺地在文字上力求精簡。這是新批評在西方文學從未出現過的結果，而這也是台灣現代主義者的突破之處。

書中的論文，檢討了鄉土作家葉石濤、鍾肇政，外省作家朱西甯，女性作家李昂的文學作品，用以說明現代主義是如何跨越族群、性別的界線。縱然是在同樣一個美學運動的洪流裡，卻都有其各自的身世特色與藝術視野。這本書也探討了現代詩人余光中、瘂弦、楊牧的藝術奧祕。詩行之間流動著內在情緒與情欲，衝擊著當時政治權力所規訓的身體。他們或許不至於被稱為浪子蕩娃，但詩中的意象與暗示，已遠遠超越了社會道德所能承受的境界。現代主義那個世代，在寫實傳統之外，開啟了一個虛構的文學世界，容許個人想像擁有無邊的飛翔空間。但是那樣的虛構，卻又真實無比，使心靈底層的喜怒哀樂能夠具體呈現。

縱然有那麼多的創作者投入運動，並不意味著就能開發全部的複雜人性。那是未完成的文學工程，所有的未了，還需要下個世代繼續承接並開發。相對於一九九〇年代以後出現的新世代作家，現代主義的作家們可能不是先知，卻是藝術的先鋒。世紀末或世紀初的文學生態，在血脈裡都與現代主義運動維持著千絲萬縷的傳承。即使已經進入二十一世紀，六〇年代的文學志業，仍然還值得我們頻頻回顧，而且也值得我們頻頻致敬。

【目次】

現代主義
及其不滿

艾略特與余光中的詩學對話

——以一九六〇年代《現代文學》為平台

艾略特（T. S. Eliot）的詩與詩論，以翻譯的形式旅行到台灣，透過一九六〇年代《現代文學》的傳播，對台灣詩壇產生相當程度的影響。艾略特的詩，誕生於第一次大戰後西方文明危機的氛圍裡；詩風帶著二十世紀的世俗取向與苦澀美感，並混雜著都市文化的孤絕與荒涼。他的詩論已被公認是西方新批評的先驅，具有深厚的歷史意識，並主張傳統與現代的相互結盟。他的作品以中文面貌抵達台灣時，島上詩人也正處在歷史危機的動盪狀態。艾略特詩中呈現的荒蕪心靈，似乎也貼近台灣詩人的內心世界。六〇年代現代主義臻於高峰之際，翻譯的艾略特適時到來，兩種不同時空產生的文學想像遂展開無盡的對話。在參與對話的現代詩人行列裡，余光中是一位重要的發言者。

外文系出身的余光中，在台灣現代主義風起雲湧時，正處於三十歲年代的旺盛階段。他參加《現代文學》時，詩風正進入轉變的關鍵時期。一九六〇年出版詩集《萬聖節》時，隱約透露追求詩風翻新的意圖。早期耽溺於浪漫主義的格律詩形式，都結集成為《舟子的悲歌》、《藍色的羽毛》、《天國的夜市》、《鐘乳石》。從詩藝來看，余光中的成就還未能與同時期的鄭愁予、瘂弦相互比並。這樣晚熟的詩人，究竟是受到何種美學的衝擊而有了劇烈轉變。這是台灣現代詩史上值得思索的一個問題，尤其余光中在六〇年代逐漸成為公認的經典詩人時，他的美學思維與語言技巧更是詩壇議論的焦點。

余光中公開承認受到艾略特很大的影響。在文學生產裡，他接受艾略特的過程是漸進而篤定。加入《現代文學》陣營之前，他在《文星》介紹艾略特詩學，並且也著手翻譯詩作[1]。余光中在《現代文學》譯介艾略特，只有一篇〈論葉慈〉[2]。這個事實，顯示他與艾略特之間的文學因緣，並不是建立在《現代文學》之上。然而，文學的接受並不止於閱讀層面或翻譯實踐。詩人詩觀引渡到另一位詩人的實際創作，那樣的接受已不只是表面影響而已，甚至已滲入了骨髓。余光中加速朝向現代化道路前進，當然有個人的自覺，但是也同時受到外在某種驅力的引導。如果余光中與艾略特建立了一種詩學對話，可能不會只停留於譯介的工作，詩藝的鍛鑄與詩觀的嫁接才是對話的真相。

《現代文學》第八期（一九六一年五月）發表的余光中〈天狼星〉，以及第九期（一九六一年七月）洛夫的〈天狼星論〉，已是現代詩史上的一樁公案。余光中的詩藝與洛夫的詩觀，可謂恰如其分表現了台灣詩人接受艾略特的程度。余光中稍後對洛夫的答覆，都發表於

1 有關余光中接受艾略特的討論，參閱陳芳明，〈翻譯艾略特——余光中與顏元叔對新批評的接受〉，發表於"Modernism Revisited in Taiwan: Pai Hsien-Yung and Chinese Literary Modernism in Taiwan and Beyond", University of California, Santa Barbary, May 1-3, 2008。

2 余光中譯，〈論葉慈〉，《現代文學》一三期（一九六二年四月），頁九—一四。這篇文章的原文見T. S. Eliot, "Yeats," *On Poetry and Poets* (New York: The Noonday Press, 1983), pp. 295-308。

同時期的《文星》，但是他的論點與日後發展，顯然都是從《現代文學》延伸出來。余、洛兩人的論戰，絕對不只是兩人詩風取向的迥異而已，其中蘊涵豐富的美學意義，牽涉到詩人與社會之間的互動，更關係到詩人在現代與傳統之間的抉擇。關於〈天狼星〉的美學思維，我在三十年前已經有過詳細的討論[3]。當時的閱讀並未遵循新批評的策略進行探索，僅就作品的結構做現象考察。多少年後重新閱讀時，逐漸發現這首長詩及其引發的論戰，隱約與艾略特詩學維繫密切的關係。如今，對〈天狼星〉的再閱讀，以及對余、洛兩位詩人論戰的再檢討，除了對《現代文學》從西方嫁接過來的翻譯現代性重新確認之外，也是對艾略特詩學在台灣文學史上的深層意義更加肯定。

艾略特與台灣的翻譯現代性

《現代文學》是一九六〇年譯介艾略特的詩與批評最多的文學刊物，許多重要作品都譯成中文發表，包括〈J. A.普魯佛克的戀歌〉（The Love Song of J. Alfred Prufrock）、〈四首序曲〉（Preludes）、〈焚燬的諾墩〉（Burnt Norton）、〈荒原〉（The Waste Land）、〈空心人〉（The Hollow Men）、〈「磐石」底合唱〉（Choruses from "The Rock"）。艾略特的經典作品，幾乎都可以在《現代文學》發現。受到西方重視的二十世紀審美經驗，以中文面貌降臨台灣時，使整個詩壇更為迅速地理解並接受文學的現代性，縱然那是透過翻譯的獲致。

余光中開始介紹艾略特，並非始於《現代文學》。他在一九五九年寫了一篇〈創造二十世紀新詩的大詩人艾略特〉，發表於《文星》。稍後，改名為〈艾略特的時代〉，收入散文集《左手的繆思》[4]。不過，他開始閱讀艾略特應該比這時期還早。比較值得注意的是，他如何介紹艾略特？介紹的過程，其實就是接受與審美的歷程。他擷取艾略特的詩學觀念，正是他消化西方詩人審美原則的一個印證。當時已經投入現代主義運動的余光中，在這篇文字藉用艾略特的觀點，表達自己對傳統的態度：「反叛傳統，但同時並不忽視傳統，是艾略特對於詩的一貫態度。做一個批評家，他必須了解傳統，熟悉他批評的對象；而做一個大詩人，他必須有披荊斬棘，另闢天地的抱負與能力。」雖然是在介紹艾略特，卻頗有自況的意味。

這是一個重要的暗示。他已自覺作為一位批評家，則應對傳統瞭若指掌。詩人開闢新的想像世界，不必然要全力投入西方的現代主義思維。借力使力，才是一位創造力旺盛的詩人

3　參閱陳芳明，〈回望天狼星〉，原刊《書評書目》四九、五〇期（一九七七年五、六月），頁一八－二九、六四－七五；後收入《鞭傷之島》（台北：自立報系文化出版部，一九八九），頁八九－一三六。

4　余光中，〈創造二十世紀之新詩的大詩人艾略特〉，《文星》二七期（一九五九年元月），頁二－三；又見余光中，〈艾略特的時代〉，《左手的繆思》（台北：文星，一九六三）。

應有的基本條件。對於傳統亦復如此，應該吸收傳統，但不要被傳統所吸納。當他這樣閱讀艾略特時，已經透露現代詩人在加速追求現代主義之餘，可能需要佇足回首傳統。如果說余光中是那個時代的詩人行列中最早提出自我反省的一位，亦不為過。對於不斷追逐西方、追逐現代的台灣詩壇，他的聲音可能很微弱，卻對於後來的現代詩發展有了重要的預告。

余光中加入《現代文學》時，他已開啟《五陵少年》時期的創作。發表在第五期（一九六〇年十一月）的短詩〈五陵少年〉，便傳達了極為豐富的信息：

> 颱風季。巴士峽的水族很擁擠
> 我的血系中有一條黃河的支流
> 黃河太冷，需要滲大量的酒精
> 浮動在杯底的是我的家譜
> 喂！再來杯高粱！

所謂水族，是泅泳在台灣海域的詩人。余光中自喻是「黃河的支流」，無非在於承認自己是中國傳統的延伸。黃河與長江的隱喻，是一九六〇年代的余光中文學中的重要特質。這樣的表現手法有意強調他濃厚的文化鄉愁。詩中指出，所謂傳統其實已經冷卻。以酒注入血液，在於暗示他要以現代精神喚醒寂滅的傳統。青年余光中在這時期的思想狀態，恰如其分地回應了艾略特的詩觀。朝向現代道路邁進時，他未曾忘記要為傳統導引新血。這首詩讀來稍帶狂妄，又在奔放節奏裡以回望傳統的姿態放緩腳步。

在〈艾略特的時代〉，余光中也特別指出：「艾略特堅持，一位詩人應該能透視美與醜，且看到無聊、可怖與光榮的各方面。在他的詩中，美與醜，光榮的過去與平凡的現在，慷慨的外表與怯懦的內心，恆是並列而相成的。」如此的詮釋，顯然是余光中從艾略特的重要詩論〈傳統與個人才能〉（Tradition and the Individual Talent）總結出來的看法。這篇詩論發表於一九一九年，亦即歐戰結束的第二年，整個西方文明正處於人類所製造的戰爭威脅之下。在毀滅的時刻，艾略特強烈的危機意識引導他自己重新認識傳統的意義。在西方現代主義運動中，他可能是第一位詩人警覺到傳統的文化暗示。

〈傳統與個人才能〉是新批評的開山之作，也是艾略特詩論中影響最大的作品[5]。文中最經典的一句話是：「詩不是放縱感情，而是逃避感情，不是表現個性，而是逃避個性。」這種近乎哲學思維的表達，乃是艾略特對傳統與現代的根本態度。詩人不能過分誇張自己的

---

5 T. S. Eliot, "Tradition and the Individual Talent," *The Sacred Wood: Essays on Poetry and Criticism* (London: Faber and Faber, 1960).

角色，他不是傳統的終結者，也不是現代的開創者，而是兩者之間的媒介或催化劑。艾略特以化學知識作為比喻。氧氣與二氧化硫能夠變成硫酸的關鍵，便是在這兩種氣體之間置入一條白金絲，使之發生催化作用，硫酸因而製造出來，白金絲還是絲毫不變。艾略特認為，詩人的心靈就是白金絲，使傳統與現代結合之後產生新的元素。詩人的感情與個性不是最偉大的，他的偉大在於消滅自己的感情與個性，促成傳統與現代的鍛鑄。詩人如果能產生傑出的作品，是因為有龐大的傳統在支撐。閱讀一首非凡的詩，往往可以讀出它背後的雄厚淵源。

詩人本身就是一個平衡點，在傳統與現代之間，在精神與現實之間，在主觀與客觀之間，永遠維持雙元對位的視野。新批評的關注所在，正是進入文本裡面，探索詩人的創造能量；而這樣的創造不是天生才具，而是受到各種不同源流的沖積。如果艾略特詩論可以這樣理解，則余光中的詮釋顯然也為他自己日後的詩學發展取得重要的啟示。艾略特詩論對余光中的影響，似乎不宜誇大。但無可否認的，進入《現代文學》時期之後，余光中的詩學思維在很大程度上都回應了艾略特的詩觀。

〈天狼星〉與〈天狼星論〉

具有史詩企圖的長詩〈天狼星〉，刊登在《現代文學》第八期（一九六一年五月）。六百五十行以上的長詩，暗藏余光中的創作野心，不僅要為歷史做見證，也要為時代做詮釋；在為個人的生命箋注之餘，也要為同時代的詩人立傳。整首詩的結構，橫跨傳統與現代，也容納個人的歷史意識與社會的空間意識。具體而言，余光中為的是要在雙軌思考下，進入一場近乎自我變革式的創作。這首詩誕生於現代主義還在上升之際，因此所帶來的氣勢與象徵頗令人側目。在詩前附有一份紀錄：「天狼星的戶籍」，說明這個星座的天文位置，其熱度亮度遠遠超過太陽，「君臨北半球南方的天空，睥睨獵戶，左挾天河，右攫天兔，有王者氣象。」余光中以天狼星為這首詩命名，想必有其微言大義。如此雍容大度的巨星，在神話時代當具有高度的文化意義。星球默然，俯視人間的福禍升降。天狼星究竟是吉祥或不祥，決定在宇宙與人事之間是否和諧。如果這顆星是詩人的隱喻，余光中似乎是站在一個較高的位置，縱觀台灣詩運的起伏。

當他到達一個時間的轉折點，目睹西方現代文明日益登陸台灣，而中國文學傳統又日益式微，余光中的詩風也走到求變的階段。在危機與焦慮的心情下，選擇天狼星作為一種象徵，顯然是意味在尋找精神出口。具有王者氣象的天狼星，成為余光中的一種理想追求，足夠透露他心向八方開放的企圖。在古今中外的不同價值之間，他有意為自己立下一個確切的位置。就像艾略特的《荒原》那樣，原是一個高度象徵，在荒涼枯萎的時代要尋找自我定位。《荒原》使用大量的神話、典故、歷史傳說，暗示詩人處在傳統與現代之間的困境。從結構、內容、思維、審美各個層面來看，《天狼星》自然難以與《荒原》相互比並。不過，余光中在長詩中提出的問題，顯然也有艾略特式的疑惑。艾略特面對的是西方文明即將摧毀的危機，余光中則見證了中國傳統文化即將終結的危機。文化意識的內容也許不盡相同，但是危機感卻具同樣的重量。余光中的詩開始負載沉重的時間感，應該是始於這首長詩的嘗試。與艾略特〈傳統與個人才能〉的詩觀，自然也有一定的對話。就結構而言，這首長詩係屬一個組詩，由以下的詩題集合起來：〈鼎湖的神話〉、〈圓通寺〉、〈四方城〉、〈多峰駝上〉、〈海軍上尉〉、〈孤獨國〉、〈太武山〉、〈浮士德〉、〈表弟們〉、〈天狼星變奏曲〉，前後共十首。

〈天狼星〉是一九六〇年代台灣詩人最早處理傳統與現代互動問題的一首詩。這首詩發表後，余光中開始站在現代主義的立場，重新評估傳統的文化意義。對傳統的回望姿態，強化了他的歷史意識，從而也引導自己走向《蓮的聯想》的新古典主義。這一樁公案，創造日後無盡的議論。余光中敢於面對傳統並活用傳統，絕對是受到艾略特詩論的啟發。艾略特說：「歷史意識含有一種領悟，不但要了解過去的過去性，而且還要理解過去的現在性；歷史的意識不但使人寫作時有他那一代的背景，而且還要帶有從荷馬以來歐洲整個的文學及其本國整個的文學，有一個同時的存在，組成一個同時的局面。」順著艾略特的思路，當可發現〈天狼星〉的歷史意識也有類似的傾向，它既意識到自鼎湖以降的歷史傳統，同時也感受到台灣社會在六〇年代的處境。傳統一旦受到全新詮釋，則古典生命亦將日新又新。

余光中撰寫這首長詩，便是要把蓬勃的現代主義精神，注入即將僵化的傳統文化。從詩的發展層次來看，全詩大約有三個主軸。第一主軸是第一首〈鼎湖的神話〉與第十首〈天狼星變奏曲〉，始於傳統，終於傳統；也就是以歷史意識作為詩的基調。第二個主軸包括〈圓通寺〉、〈四方城〉、〈多峰駝上〉、〈浮士德〉，描述詩人的生命經驗與審美歷程。第三個主軸是〈海軍上尉〉、〈孤獨國〉、〈太武山〉、〈表弟們〉，透過詩人面貌的觀察，窺探現代主義流動的真相。這三個主軸簡而言之，便是由傳統文化、詩人生命、現代主義所構成。以艾略特的詩論來觀察，詩人應該是傳統與現代之間的仲介。詩人若是扮演白金絲的角色，就必然有能力使氧氣（傳統）與二氧化硫（現代）發生催化，而創造新的生命元素。

頗具雄心的余光中，完成〈天狼星〉長詩時，似乎還不能承擔傳統與現代的結盟工作。但可以確知的是，藉由〈天狼星〉的創作經驗，他似乎比較能夠以平衡的態度，看待歷史意識與現代精神。至少對於現代主義運動，他保持一種冷靜的觀察。〈表弟們〉所描繪的當時現代詩人，可謂相當傳神：

> 不闖紅燈，不能算問題作家
> 文壇的黑羊，自十九世紀的講臺

我們集體地逃學
從不把維特和賈寶玉帶出課室
每到週末，就眺望一個小型的大赦
自文法和名人語錄

余光中加入那一場現代主義運動，自然可以理解同世代的一些詩人的精神狀態。闖紅燈的現代詩人，當然具有叛逆精神；他們酷嗜集體逃學，也不讀古典文學，也不管西方或東方。甚至赦免自己不必遵守既定的文學成規或經典作家的美學。某些現代詩人的反智與反傳統，已經使運動出現偏頗的跡象：

我們是上教堂的無神論者
鐘聲響時，我們就繼續做夢
對著黑板催眠的虛無

無神論、做夢、虛無，都在描繪現代主義者的精神狀態。他們不僅沒有時間意識，也沒有空間意識；確切而言，便是沒有歷史感，也沒有現實感。余光中並不是藉詩行來裁判現代主義，作為運動中的一員，他的思想也曾出現過類似的傾向。與其說這是在揭露現代詩壇的真相，倒不如說他是在做深沉的自我反省。在詩風還未臻於成熟之際，余光中顯然也有一種進退失據的徬徨。恰恰是經歷了內心的交戰，他對台灣現代詩的出路反而看得比較清楚。

艾略特出現在余光中詩學困頓的時刻，即使沒有攜來救贖的力量，至少協助了這位台灣詩人釐清自己的思考。使他的思考更趨明白的重要關鍵，則是來自洛夫的重量級批評。

《現代文學》第九期（一九六一年七月），刊出洛夫長達兩萬餘字的長文〈天狼星論〉，對余光中的長詩做了詳細的閱讀，並給予正反兩面的評價。這是罕見的詩壇大事件，很少有詩人對另一位詩人作品提出如此擲地有聲的批評。當現代主義運動還未取得合法發言權時，詩壇內部的相互批評，一定的意義上也是在擴張現代詩的版圖。洛夫提出的見解，都集中在〈天狼星〉的語言與美學。換言之，洛夫企圖為長詩測量它的藝術高度。其中牽涉到的詩觀，已觸及對傳統的態度，以及對現代的期待。洛夫的部分論點，也引述了艾略特的詩論。從全文所表達的內容，似乎也是對艾略特的美學做了回應與詮釋。

洛夫引述艾略特的〈傳統與個人才能〉說：「沒有一個詩人或任何藝術者能單獨有其完整的意義，他的重要性與評價，乃在於與已故的詩人藝術家的關係上，你不能單獨拿他一個人來論斷，必須將其置於已死的藝術家來參照比較。」洛夫服膺這樣的看法，但他擔心的是，詩人如何能夠「以傳統來營養自己，從而塑造自我。確定自我在創造中的重要性，然後無羈無絆的走出來。」換句話說，藉傳統來開出新局，反而很有可能被吸納進傳統深淵。洛夫提出的具體答案是：「假如他以一個具有現代尖銳感受和對現代精神與本質作積極的追求的作者自許的話，則我們自能任其在傳統的欄柵，踟躅顧盼而無可奈何。」

對艾略特的解讀，洛夫顯然把傳統與現代視為兩種對立的價值，如果不具強烈的現代精神，就無法抗拒傳統的影響。艾略特從未把現代與傳統看成相反對立的價值，凡是具有創造力的詩人，都能成熟地在兩端之間自由進出。洛夫對余光中的批評，便是過於傳統，不具現代精神。洛夫認為：「在現代藝術思想中，人是空虛的，無意義的，它否定了『人』在人文主義中所認定的固有價值。」正是這個詮釋點，洛夫與艾略特的詩觀開始分離。他以這樣的看法來衡量余光中：「『天』詩乃流於『欲辯自有言』，『過於可解』的事的敘述，這就是詩意稀薄而構成『天』詩失敗的一面的基本因素。」

人在現代面貌是模糊而無意義，因此，洛夫相信詩中人物如果清晰可解，就不符合現代主義精神。當他提出這樣的看法時，已然與艾略特的看法毫不相涉，同時也與余光中的見解拉開了距離。背對著艾略特，洛夫求諸於小說家海明威（Ernest Hemingway）的理論：「諸如光榮，勇敢，榮譽或神聖等抽象的字，和村名、道路的編號，河名、部隊的番號和日期等具體的字眼相形之下，前者顯得猥褻下流。」海明威的言論，在西方可能是耳熟能詳的說法，但移植到台灣文壇時，卻是具有相當震撼的效應。海明威的立場可以理解，人類以光榮、勇敢、榮譽的空洞名詞來發動戰爭，使毀滅性的戰爭合理化、合法化，而被尊崇的光榮與榮譽，反而遭到陪葬放逐。海明威的發言，針對的是西方殘酷文明，所以才會一針見血指出部隊的番號、河流的名字，都比起光榮、勇敢來要高貴。

洛夫引述海明威時，顯然忽視西方的歷史條件，而且也忽視台灣當時的特定時空。以這樣的觀點來評價〈天狼星〉時，立即發生落差。余光中的詩觀誕生於他的時代意識與歷史意識，他詩中彰顯的焦慮與危機，以及尊崇的鄉愁與記憶，都絕對屬於台灣的現代。而那種現代，並不是西方文學能夠理解，更不是海明威信念中的現代。洛夫的〈天狼星論〉對於余光中詩觀之確立，顯然帶來正面的衝擊。

與艾略特的對話，幾乎是當時每位詩人都加入的行列。但是透過對話所產生的意義，卻是因人而異。艾略特被翻譯、被詮釋，化成多種面貌的艾略特。余光中與洛夫兩人對艾略特的再閱讀，為台灣現代主義運動開啟前所未有的新視野。兩人的交鋒，使日後的現代詩產生出人意表的發展。

余光中決心把現代注入傳統，也把傳統導入現代。洛夫則是加速朝現代化狂飆，必須跨過一九七〇年代之後才又向傳統回歸。

持續與艾略特對話

余光中對洛夫〈天狼星論〉的回應，並未刊登在《現代文學》，而是在《藍星詩頁》第三十七期發表〈再見，虛無〉[6]。這是一篇重要的宣言，因為他所答覆的並非只針對洛夫一人，也是對當時台灣文壇的西化現象有感而發。這篇重要文獻確認了余光中的詩觀，同時也確認他對艾略特詩學的接受與再發揚。要理解余光中完成〈天狼星〉後，朝向《蓮的聯想》發展的關鍵轉折，都可以在這篇宣言獲得答案。〈再見，虛無〉的結論指出：「如果說，必須承認人是空虛而無意義才能寫現代詩，只有破碎的意義才是現代詩的意象，則我樂於向這種現代詩說再見。我不一定認為人是有意義的，我尤其不敢說我已經把握住人的意義。但是我堅信，尋找這種意義，正是許多作品最嚴肅的主題。」這可能是一九六〇年代現代主義風潮中最為深沉的反省，那已不是屬於余光中個人，也是屬於所有漂泊中的現代詩人。

論戰之後，他並沒有停止對傳統的反省；或者說，在很大的意義上，他持續與艾略特詩學維繫對話。余光中對傳統的闡釋，不再只是停留在艾略特的思維。畢竟余光中面對的文學問題是在台灣，而不是英國。理論的旅行永遠是無盡無止，就像花的種籽那樣，飄送到不同的泥土，自然會長出適應風土的全新生命。現代詩學的種籽埋在台灣的泥土時，也會開出異於原型的花朵。余光中從艾略特手中捧來的種籽，注定會有奇異的生命發生。他在一九六二年發表〈從古典詩到現代詩〉，對傳統的評價有了更清楚的態度：「反叛傳統不如利用傳統。狹窄的現代詩人但見傳統與現代之異，不見兩者之同；但見兩者之分，不見兩者之合。對於傳統，一位真正的現代詩人應該知道如何入而復出，出而復入，以至自由出入。」[7]

值得注意的是，余光中表達他的傳統觀時，《蓮的聯想》時期已然展開。全面向中國古典汲取詩情，並不必然是受到艾略特的點撥。不過，他能夠相當自信地面對古典文學，並且引渡傳統想像，與現代精神結盟，恐怕也是現代詩運動中僅有的見證。如果他沒有接受艾略特，如果他沒有受到洛夫的刺激，《蓮的聯想》系列詩作可能在發展上會比較遲疑。他在詩集的〈後記〉再次表明自己的詩觀：「不成熟的看法，會認為『古典』是和『現代』截然相反的本質。事實上，有深厚『古典』背景的『現代』和受過『現代』洗禮的『古典』一樣，往往加倍地豐富而且有彈性。」這已經不是靜態的詩觀，而是可以付諸創作的具體實踐。經過實踐之後，證明是相當豐收。

余光中文學生涯裡的雙元詩觀，便是在這段時期建立。雙元詩觀，既是辯證的，也是對位的。所謂辯證是一種相生相剋的思考方式，那是一種生動的自我反省與自我批判。以傳統

6 余光中，〈再見，虛無〉，《掌上雨》（台北：文星，一九六四），頁一〇二—一四。

7 余光中，〈從古典詩到現代詩〉，《掌上雨》，頁一二五—四〇。

與現代兩種價值為例，在余光中的詩學裡是相互更迭，也消互消長。任何一端的力量若是加重，詩風就會產生變化。從〈天狼星〉到《蓮的聯想》是一個變化，顯示傳統力量大於現代思維；從《蓮的聯想》到《敲打樂》又是另一個變化，可以看出現代力量大於傳統思維。但是，他都能覺悟自己的詩風位置。每到一定時期，都會進行相當程度的調整。所謂對位，指的是他對兩種不同價值的相關知識都瞭若指掌。對位，來自薩依德（Edward Said）所說的「對位式閱讀」（contrapuntal reading）。一位西方作者，不應該局限在西方歷史文化的格局，而應該突破視野，也了解同一時期西方以外的世界。對西方與東方的知識都能夠理解時，對等式的對話才有可能建立起來。

余光中的對位式閱讀，在〈天狼星〉時期之後就已逐步確立。文學態度不要過於偏執，對於詩的看法就不會有太多偏見。他在《文星》第五十八期發表的〈迎中國文藝復興〉，便是對位式閱讀的一個典範：「我們的理想是，要促進中國的文藝復興，少壯的藝術家必須先自中國的古典傳統裡走出來，去西方的古典傳統和現代文藝中受一番洗禮，然後走回中國，繼承自己的古典傳統而發揚光大之，其結果是建立新的活的傳統。」遠在四十餘年前，余光中的文學胸襟就已向東方與西方完全敞開。他的觀點與解釋，脫胎於艾略特，但是他的抱負與格局則比艾略特還要開闊。

在艾略特的詩學基礎上，余光中不懈地推陳出新。以〈敲打樂〉那首節奏明快的長詩為例，不僅兼收古典詩的音樂性，也吸收當時搖滾樂的快速旋律。在詩集後記，余光中承認說：「我讀了艾略特以後的一些新詩，尤其所謂『敲打派』的作品，在節奏的處理上不能說沒有受到他們的影響。金斯堡的許多觀念我並不贊同，但是他和同輩作者那種反主知反艾略特與葉慈的粗獷作風，暗示了我一些自由的方向。」[8]自剖式的說法揭露他自己對艾略特的長期閱讀，以及他如何掙脫艾略特的影響。但是，詩風的改變，並不意味他與艾略特的對話就宣告中止。

《現代文學》第三十一期（一九六七年四月）刊登的余光中長詩〈或者所謂春天〉，是脫離《敲打樂》之後轉換的另一種詩風。這首詩不同於他在〈天狼星〉裡翻騰的焦慮情緒，也不同於《蓮的聯想》暗藏圓潤柔情與舒緩節奏，更不同於《敲打樂》充斥噪音與興奮語調的不安，取而代之的是詩人面對平凡枯燥生活的一種難以排解的無奈。前後五十五行的詩，說長不長，說短不短，收入鄉愁甚濃的詩集《在冷戰的時代》。

〈或者所謂春天〉放在余光中漫長的現代詩生涯裡，是很奇特的一個作品。詩中那位循規蹈矩的教授，彷彿一夜之間突然蒼老，在百無聊賴之際，情不自禁回望自己的青春。余光中很少為自己寫下極盡調侃的詩，這首詩是一個例外。如果細讀詩行，頗有艾略特的味道：

8 余光中，〈後記〉，《敲打樂》（台北：純文學，一九六九），頁一八二。

或者在這座城裡一泡真泡了十幾個春天
不算春天的春天，泡了又泡
這件事，一想起就覺得好冤
或者所謂春天
最後也不過就這樣子
一些受傷的記憶：
一些慾望和灰塵
一股開胃的蔥味從那邊的廚房
然後是淡淡的油墨從一份晚報
報導郊外的花訊

這首詩讀來近乎艾略特的〈J. A.普魯佛克的戀歌〉[9]。余光中描寫一位被生活枷鎖囚禁的中年知識分子的心境，艾略特詩中則是素描歐戰期間一位知識分子的困境。結構與歷史背景當然完全迥異，不過盛年頓失，戀歌消沉的氣味卻很接近。〈或者所謂春天〉從題目到詩行，都非常不是余光中，風格與感覺則是相當中產階級。詩行之間流竄著一種老之將至的無可抗拒，彷彿是對生命中一個不近情理的時刻進行祭悼。一個模糊的、難以定義的青春驟然不見。詩中最為傳神的句子，就出現在平淡的生活：「一股開胃的蔥味從那邊的廚房／然後是淡淡的油墨從一份晚報／報導郊外的花訊」。也許曾經有過一支燦爛的戀歌，穿過心臟，如今卻成為受傷的記憶。歲月的不可理喻，命運的無可轉移，都換取了嘲弄的詩句。

艾略特的戀歌，寫於戰爭廢墟的死亡陰影下。詩中最引人注目，而且餘味無窮是下述兩行：

當夜色躺呈在天空
如手術檯上被麻醉的病人
When the evening is spread out against the sky
Like a patient etherized upon a table

無論是意象或色調，顯得沉鬱而無助。尤其是「夜色」或「黃昏」，竟然是與被麻醉的病人聯想在一起。天候應該是一個時代的象徵，白日將盡，生命似乎也到達盡頭。然而，這

9 艾略特著，泥雨譯，〈J. A.普魯佛克的戀歌〉，《現代文學》二四期（一九六五年四月一日），頁六一—七〇。

位病人已被麻醉，在手術檯全然不能動彈，那個時代說有多無助就有多無助。背後暗藏一個更為深層的問題，那個時代還有得救的希望嗎？躺在手術檯上的歷史，是一個未解之謎。正是在那個看不到希望的時代，餘悸猶存的戀歌在廢墟飄搖升起。

余光中的詩，迎接的是蒼老；艾略特的詩，面對的是死亡。這是主題不一樣的作品，時空背景也完全不同。然而，隱約流露出來的嘲弄、絕望、失落，卻是兩首詩的共同基調。余光中從來沒有使用如此鬆懈近乎解體的語言來寫詩，熟悉艾略特的他，無意識裡蠢蠢欲動著艾略特式的欲望。〈或者所謂春天〉的再閱讀，總是禁不住使人聯想到戰時的那一支戀歌。余光中自然也有自己的語言，下面六行就是余氏正字標記：

或者所謂春天也只是一種清脆的標本
一張書籤，曾是水仙或蝴蝶
書籤在韋氏大字典裡字典在圖書館的樓上
樓高四層高過所有暮色
樓怕高書怕舊舊書最怕有書籤

這種串在一起的快速語言，只有余光中能夠純熟運用。脆弱的青春，猶如脆弱的標本，無法承受任何的風吹草動。余光中以一張蝴蝶做成的書籤，牽動生命裡最不堪揭起的記憶，整首詩因此而生動。以幽微、細膩的語言為節奏，以尋常、平淡的生活為背景，往往是艾略特使讀者最感致命的策略，余光中在一定程度上也受到了點撥。然而，艾略特仍是艾略特，余光中仍是余光中。他們之間的對話有頗多可疑之處，卻又很難發現蛛絲馬跡。把艾略特翻譯成余光中時，正如把西方文學翻譯成東方語言，新的詮釋，新的生命就已誕生。以《現代文學》為平台的詩學對話，讓我們重新發現了余光中。

「白先勇的文學與藝術國際學術研討會」宣讀論文，國立政治大學台灣文學研究所主辦，二〇〇八年十月十七—十八日；後收入陳芳明、范銘如主編，《跨世紀的流離：白先勇的文學與藝術國際學術研討會論文集》（台北縣中和市：INK印刻文學，二〇〇九），頁一三—二八。

《現代詩》與早期現代詩學的引進

——紀弦詩論的再閱讀

遲到的與早熟的現代主義運動

發軔於一九五〇年代的現代主義運動，既是遲到的，也是早熟的。相對於西方高度現代主義（High-Modernism）臻於頂峰的一九三〇年代，台灣在五〇年代才見證現代思潮的湧現，不能不說是遲到的了。在日據時期的三〇年代，也有過現代主義的經驗，但是就陣容與氣象而言，尚不足以構成文學運動的格局。紀弦在一九五三年主催的現代派集團，是罕見的一次集結。然而，相應於台灣社會在當時的經濟條件，他高舉現代主義的旗幟又不免是早熟的。現代主義畢竟是孕育於資本主義已呈成熟的社會環境，五〇年代的台灣顯然還未具備充分的條件來迎接這樣的美學運動。縱然是遲到而又早熟，紀弦發起的現代派結盟，對於日後台灣文學的發展誠然帶來無窮的暗示。就當時的政治形勢而言，他提出「個人解放」的文學主張，確實對當時的極權主義（totalitarianism）與集體主義（collectivism）產生了精神上的抵抗作用。就日後的文學開展而言，紀弦所領導的現代運動固然是定義不明的現代主義，但是，在挑戰五四運動以降的寫實主義與浪漫主義的意義上卻極為深刻。從嚴格的美學標準來看，紀弦提出的文學口號其實是不完全的現代主義，甚至是翻譯的、誤讀的現代主義。恰恰是經歷了如此的翻譯與誤讀，現代主義完成了它的轉化，而成為在地文學運動的重要一環。確切而言，紀弦在五〇年代初期建構的現代主義，在很大程度上是出自於他個人的理解與獨斷。或者，換一個角度來看，紀弦的詩論是他自己創作經驗的一種總結，並不必然與西化現代主義的命名可以等同起來。

重新閱讀紀弦所創辦的《現代詩》，為的是釐清戰後早期現代詩學的建構是如何進行的。紀弦詩論的再閱讀，並非在於評價他在文學史上的功過，而是為了更清楚認識台灣現代主義運動是透過怎樣的途徑匯聚起來的。尤其是紀弦再三宣稱自己把現代詩的火種帶到台灣，在許多詩史的討論中引起無盡的爭議。紀弦縱然在現代主義運動所扮演的角色無論招致程度強弱不同的回應，他推動詩現代化的用心良苦則是無可否認。

波特萊爾：翻譯的與誤讀的現代主義

翻譯的現代主義，在《現代詩》發行的過程中並不是占最大的分量。以紀弦所譯的法國象徵詩人的作品來看，大約不出波特萊爾（Charles Baudelaire）、阿保里奈爾（G. Apollinaire）、梵樂希（Paul Valéry）等人。這些翻譯詩的出處，紀弦從未任何清楚的交代，甚至詩集的時間、出版者等有關版本的問題也都沒有說明。真正介紹波特萊爾的文學，僅有一篇短文亦即〈關於波特萊爾及其他〉[1]從這篇介紹，可以發現紀弦對波特萊爾的理解相當有限，全然沒有

1 紀弦，〈關於波特萊爾及其他〉，《現代詩》八期（一九五四年冬），頁一五七—五八。

觸及法國象徵詩人的精神與風格。

為什麼紀弦與波特萊爾之間的聯繫值得討論？主要是因為一九五三年元月《現代詩》改組成為現代派時，曾經發表了「現代派六大信條」，其中的第一條便是：「我們是有所揚棄並發揚光大地包容了自波特萊爾以降一切新興詩派之精神與要素的現代派之一群。」第二條又特別強調：「我們認為新詩乃是橫的移植，而非縱的繼承。」[2]以象徵詩人波特萊爾作為其創作信念的根源，自然寓有合理化、正當化其文學運動的意義[3]。紀弦在信條發布時，也特別做如下的討論：

> ……正如新興繪畫之以塞尚為鼻祖，世界新詩之出發點乃是法國的波特萊爾。象徵派導源於波氏，其後一切新興詩派無不直接間接蒙受象徵派的影響。這些新興詩派，包括十九世紀的象徵派、二十世紀的後期象徵派、立體派、達達派、超現實派、新感覺派、美國的意象派，以及今日歐美各國的純粹詩運動，總稱為「現代主義」。

紀弦不厭其煩做這樣的釋義，並沒有指出波特萊爾在詩史上的影響內容為何。這種描述性的文字，未嘗有一字真正在解析或說明波特萊爾的詩之真貌。英美的現代詩運動誠然受到波特萊爾的點撥，但是紀弦宣稱要包容的「一切新興詩派」，都只是一些名稱而已，並未具備實質的意涵。這些新興詩派和波特萊爾之間的傳承，紀弦可能不甚了然。也就是說，他在推展文學運動之初，只是借用波特萊爾的旗幟，為其結盟運動揮舞吶喊而已，在其信條口號背後，並未出現任何堅實的理論基礎。

這當然是值得注意的一種後殖民現象。紀弦所認識的現代主義，全然是通過一些片段的、翻譯的文字而獲得的。更值得注意的是，一九五〇年代的台灣社會並未出現相應於波特萊爾時代巴黎都會的文化條件。具體而言，波特萊爾開始認識時代性的物質基礎，在台灣並不存在。同樣的，處在工業革命之後巴黎社會所產生的繁華景象，也不是紀弦定居的台北所能比並的。因此，紀弦在談論波特萊爾時，顯然是無法理解孕育象徵詩派背後暗藏的現代性。在詮釋〈現代派的信條〉時，紀弦說：

2〈現代派信條釋義〉，《現代詩》一三期（一九五六年二月號）。六大信條又陸續印刷於一四期、一五期的封面。

3 關於「現代派信條」第一條的闡釋，可以參閱林亨泰，〈抒情變革的軌跡——由「現代派的信條」中的第一條說起〉，《中外文學》一〇卷一二期（一九八二年五月），頁三二—四六；後收入呂興昌編，《林亨泰全集・五：文學論述卷2》（彰化：彰化縣立文化中心，一九九八）。另外參閱陳玉玲，〈紀弦與《現代詩》詩刊之研究〉，《台灣文學觀察雜誌》四期（一九九一年十一月），頁三一—三三。

> 我們有所揚棄的是它那病的、世紀末的傾向；而其健康的、進步的、向上的部分則為我們所企圖發揚光大的。

這種解釋仍然不免是含混的、意義不明的。所謂病態的、世紀末的傾向，紀弦未嘗有深入的觸探。同樣的，所謂健康的、進步的、向上的部分，也是紀弦從未釐清，遑論確切的定義。對於波特萊爾的詩世界，所有的背德、沉淪、墮落其實是不存在的。詩中所描寫的肉欲、性愛、情色，都具有昇華的意義。紀弦倍極辛苦地把波特萊爾的詩切割成為兩部分，一是病態的，一是向上的，自然有其本身文化歷史的包袱。在他日後詩論的建構中，以及介入無數次的新詩論戰，都可清楚發現他在現代主義運動中困窘的發言位置。他的困窘，來自他對西方詩學的陌生與疏離；同時，也來自他對傳統道德的怯於批判與抗拒。

回到前述的〈關於波特萊爾及其他〉一文，更可顯示他對這位法國詩人所理解的程度。紀弦把波特萊爾置放在文學史上浪漫主義的對立面來評價，指出其詩中的矛盾與衝突：

> 在他的內部，不斷地進行著鬥爭：道德不道德，意識與無意識，我與宇宙。這種鬥爭苦惱著他，同時使他的詩成功。他把一切矛盾對蹠的事物拿來表現並擴而大之。他決不排斥任何東西同時亦不混淆它們。因此他的詩充滿了驚異的照應、對比、和想像。

在相當程度上，紀弦掌握了波特萊爾的精神世界的真實。尤其是他已提到「道德不道德」，以及「意識與無意識」。這正是切入象徵詩人詩作的恰當管道，但紀弦僅是蜻蜓點水，而未能深入其心理世界之堂奧。在同一篇短文中，他進一步指出：

> 波特萊爾細密地表現滿佈蒼蠅的腐屍，聞嗅之撫摩之，似覺頗有異趣。在詩中描寫嗅覺與觸覺，的確是一種新的表現。他對於聽覺、視覺、嗅覺、味覺和觸覺，具有靈敏的感受性，並且能於感受之中參加想像或聯想作用。

「滿佈蒼蠅的腐屍」顯然是來自波特萊爾的惡魔作品〈腐屍〉（une charogne）。然而，這詩並不是屬於「異趣」。此詩令人震撼之處，在於把歡愛中情人的女體，與昔日見證過的女性屍體聯想在一起。屍體散發的臭味與性愛逸出的體液形成強烈對比。從這首詩，可以體會波特萊爾並不相信永恆的存在，瞬間的極樂與最後的死亡是無法脫卻的。紀弦短文雖然不在討論〈腐屍〉一詩，卻能夠反映出他對象徵詩派的接受態度為何。對他而言，凡涉及道德、傳統的部分，甚至批判社會、反抗社會的部分，似乎都被劃入「世紀末」或「病態」的範疇。紀弦較為偏愛、頌讚的，純粹是文字、語言的營造。波特萊爾詩中的「新的表現」，對紀弦來說，只不過是開發文字中的聽覺、視覺、嗅覺、味覺、觸覺而已。

確切地說，紀弦對西方現代主義的認識，是把內容與形容截然分開的。象徵詩人之所以是象徵，就在於文字的觸覺與感覺，完全是由內容來決定。如果把波特萊爾詩中背德、反叛、抗拒的內容抽離，其文字的所有感覺就全然消失。在《惡之華》裡，許多庸俗的、污穢的、惡臭的事物之所以提煉成為藝術，就在於對虛偽的道德傳統進行抵制與批判。波特萊爾要寫的是人的「真實」（truth），而這真實的一面正是潛藏在人的內心的幽暗角落。同性戀、乳房、玉腿、做愛、性變態、淫蕩、放浪等等的詩行，幾乎就是人的記憶、欲望、想像的徹底挖掘，也正是倫理規範的正常社會永遠不曾觸及的禁地。詩人敢於以過度的字眼來描述，保括軀體的香水與臭液，妓女的萬種姿態，罪惡的百般演出，那種觸覺、味覺就在於挑戰道德能夠容忍的極限[4]。

從這個角度來看，紀弦企圖「揚棄」西方新興詩派的部分，正是現代主義之精髓所在。把性虐待、姦淫等等內容剔除，卻只襲取味覺、知覺的文字部分，不僅是文字上的誤讀，而且是美學上的誤用。所謂「橫的移植」，其實已經偏離現代主義的精神。紀弦在〈現代派信條〉的第三條強調：「詩的新大陸之探險，詩的處女地之開拓。新的內容之表現，新的形式之創造，新的工具之發見，新的手法之發明。我們認為新詩，必須名符其實，日新又新。」在這段文字裡所提到的「形式」、「工具」、「手法」等等，都同樣是在指文字技巧而已。在內容方面，最重要的應該是「新大陸之探險」。如果新大陸指的是東方人從未旅行過的內心之黑暗大陸，現代派的詩人們顯然都沒有勇氣去嘗試。

與紀弦並稱為現代派領導者之一的本土詩人林亨泰，在許多回憶的文字中為紀弦做了許多辯護。但是，從他的描述竟然也未能為紀弦整理出較為有系統的思考[5]。究其原因，在早期現代詩學的建構中，包括紀弦在內的詩人從來都沒有深入討論現代主義這種移植過來的思潮究竟為台灣詩人開發怎樣的內容。「新大陸」是什麼？「處女地」是什麼？紀弦從未給予確切的答案。事實上，在他自己創作的詩中，並沒有任何反傳統、反道德的思維。他的反傳統、其實是反對韻文與格律詩而已。他的反抗立場，都始終停留在語言表現的層面，根本沒有涉及內容的經營。

更具體而言，一九五〇年代的紀弦，仍然是思想非常保守的。指出這個事實，並非在貶

---

4 最新英譯版本的《惡之華》，有符號學學者卡勒（J. Culler）的導論，分析極為精闢而深刻。參閱 Jonathan Culler, "Introduction," in James Mcgowan tr., *Charles Baudelarie: The Flowers of Evil* (Oxford: Oxford University Press, 1993), pp. xiii-xxxvii。

5 林亨泰回憶現代派的文字，都收入《林亨泰全集・五：文學論述卷2》。這些文字包括〈現代派運動的實質與影響〉，頁一一七—三四；〈現代主義與台灣現代詩〉，頁一三五—四二；〈現代派運動與我〉，頁一四三—五四；〈《現代詩》季刊與現代主義〉，頁一五四—七五；〈台灣詩史上的一個大融合（前期）：一九五〇年代後半期的台灣詩壇〉，頁二〇五—二六。

抑他的文學思考。其實，在那樣反共氣氛高漲的年代，幾乎每位知識分子都必須服從戒嚴體制。反共政策對文學創作者的支配，相當徹底地干涉到內心的潛意識深處。紀弦在介紹波特萊爾時，特別指出象徵詩人的作品內部具有「意識與無意識」的矛盾衝突。就這點而言，紀弦所表達的討論，毋寧是表現不出任何的矛盾之處。以《現代詩》的創刊詞為例，紀弦自始就高舉反共的旗幟：

> 我們是自由中國寫詩的一群。我們來了！站在反共抗俄的大旗下，我們團結一致，強有力地舉起了我們的鋼筆，向一切醜類、一切歹徒，瞄準，並且射擊。我們發光。我們歌唱。我們大踏步而來。6

這篇符合體制要求的〈宣言〉，絕對不能稱之為現代主義精神。即使到了一九五六年現代派結盟完成時，紀弦楬櫫的信條之六，仍然還是：「愛國。反共。擁護自由與民主。」這種主動而積極向反共體制的呼應，基本上就已嚴重違反了現代主義的原則。時代的局限與政治的控制，迫使紀弦在引進西方詩學時，已注定必須以殘缺不全的姿態出現。縱然紀弦一再誇張地宣稱他是如何反傳統，又是如何追求新，考察其實質內容都只是虛張聲勢而已。他的反傳統，一言以蔽之，是關在鳥籠內的反傳統。

因此，現代派提出發揚西方新興詩派的信條，應該是屬於虛構的。如果從壓抑的現代性（repressed modernity）來觀察，那應該只是紀弦內心欲望的一個呈露而已。在「反共」與「現代」之間，他能夠選擇的，顯然前者大於後者。沿著這樣的討論回望一九五〇年代的紀弦，自然可以體會出他在政治現實與美學藝術之間的搖擺。更進一步而言，紀弦反覆主張的「現代主義」，在西方歷史上並沒有真正發生過。

新詩再革命：在地化的現代主義

紀弦所主張的「現代主義」，如果是揚棄並發揚「波特萊爾以降一切新興詩派之精神與要素」，則他日後發展出來的詩作與詩論顯然並沒有達到他自己所預期的目標。考察他有關現代主義的理論，其實在很大程度上都是他個人杜撰並想像出來的。每當他提到現代主義，就距離西方的「新興詩派」愈遙遠。他全然沒有實踐他自稱的「發揚」與「包容」，相反的，他的詩論摒棄了一切新興詩派的思想內容。

現代派運動在一九五六年重新再出發時，宣稱要展開「新詩再革命」的紀弦終於也承

6 紀弦，〈宣言〉，《現代詩》創刊號（一九五三年二月一日），封面。

認：「回顧過去三年來的理論工作，我們所討論的，大體上可說是集中於一點：那便是，形式問題。」為了更清楚解釋他所說的形式問題，紀弦提出如下的結論：

第一、新詩必須是自由詩，不是舊式的「自由韻文」，而是以「散文」為表現工具的新自由詩。可是，在這裡，誰要是還沒有把「散文」之二義（一是「質」的一是「形」的）弄明白，則「分行的散文」——比比皆是的偽自由詩——當然可以拿來魚目混珠了。

第二、「詩」是文學，「歌」是音樂。所以我們決不輕易使用「詩歌」一詞。而新詩。尤須排斥一切「歌」的成分。故說：詩不是唱的。至於大人先生們所提倡的「朗誦詩」，以其本質非詩，只好稱之為「應用詩歌」了。

第三、「詩」與「散文」之區分，應在其文學的本質上加以考察。因此，我們對於「新詩要不要押韻」這一個天真的，原始的問題之答案是：「韻文即詩觀」之死刑的宣判；「格律至上主義」之根本的打倒。

第四、「散文」是新工具，「韻文」是舊工具。自波特萊爾以降，詩素為之一新。人們要從事於新的表現，就非使用新的工具不可：這是極自然的趨勢，一種史的發展，沒法子反對的。但是「如何表現」，這卻是一個有關於「方法」的問題了。[7]

總結紀弦《現代詩》季刊在一九五三至一九五六年之間的詩論主張，並沒有生產多少具開創性的詩學內容。從第一點到第四點，完全集中於「散文」與「韻文」之辯，亦即「自由詩」與「格律詩」之區隔。對於西方現代主義而言，這些都是次要的問題。因為，現代主義所關切的不是形式而已。如果要為現代主義做最簡單的定義，如下的描述應是可以接受的：

> The movement towards sophistication and mannerism, towards introversion, technical display, internal self-scepticism, has often been taken as a common base for a definition of modernism.[8]

> 朝向奧妙與特殊癖好，朝向內省、技巧展現、內在的自我懷疑等等的運動，通常都是用來作為現代主義定義的共同基礎。

從這個最簡約的定義，技巧與形式的部分，只是現代主義其中的一環。現代主義最為重

---

7 紀弦，〈社論：從「形式」到「方法」〉，《現代詩》一四期（一九五六年四月三十日），頁四一。

8 Malcolm Bradbury and James McFarlane, "The Name and Nature of Modernism," Malcolm Bradbury and James McFarlane ed., *Modernism: A Guide to European Literature, 1890-1930* (London: Penguin Books, 1978), p. 26.

要的特色建基於其特殊的內容之上，亦即內省（introversion）與內在的自我懷疑（internal self-scepticism）。質言之，長期壓抑在潛意識底層的內心世界之探索，才是現代主義的根本追求。紀弦以長達三年的時間孜孜於「散文」與「韻文」之間的分類，完全沒有攀附到西方現代詩學的邊緣。其實，上述的四點都在稍早的社論或詩論充分表達過了，包括〈社論：把熱情放在冰箱裡去吧〉、〈五四以來的新詩〉、〈社論：內容決定形式・氣質決定風格〉、〈誰願意開倒車誰去開〉、〈社論：詩是詩歌是歌我們不說詩歌〉。這些文字分別發表在《現代詩》第六、七、八、十、十一期，把同樣的論點翻來覆去地說明，就構成了他主張「新詩再革命」的主要內容。

第十四期的社論〈從「形式」到「方法」〉，顯然具有突破之處。紀弦說：「要之，舊的方法是抒情的，新的方法是主知的；舊的方法是邏輯的，新的方法是直覺的；前者重在『意思』之一貫，往往做平面的敘述，後者重在『境界』之構成，常常做立體之行動。」他更進一步表示：「舊詩人是歌唱於『時間』的音樂家，他所追求的是聽覺的滿足之給予；新詩人是工作於『空間』的美術家，他所從事的是視覺的情感之提供。」[9]他開始注意到現代主義在藝術上的轉化，亦即從「意思」轉化到「境界」，「平面」躍為「立體」，「時間」化成「空間」等等。這種縱深式的挖掘，其實已接近潛意識或無意識的開發，只是紀弦未及明言而已。不過，他到達了這個關口時，就沒有再繼續開拓這方面的思考。

紀弦對現代主義的真正討論，始於他與覃子豪、黃用之間的論戰。這場論戰始於一九五七年覃子豪所寫的〈新詩向何處去〉，止於一九五八年紀弦發表的〈一個陳腐的問題〉，意味著台灣詩人終於嚴肅面對詩學建構的問題[10]。關於這場論戰的細節討論，需要另闢專文進一步處理。不過，從論戰中紀弦所表達的看法，頗能反映他的現代主義態度。在回答覃子豪的〈新詩向何處去〉時，紀弦首先表達現代化之在地化的立場：

我們主張新詩的再革命，為的是要使我們中國不新的新詩成為名符其實的真正的「新詩」。這除了一面從事創造，一面從事研究之外，當然另一方面還要接受「外來的影響」，「向西洋詩去攝取營養」，「經吸收和消化之後變為自己的新的血液」，而一切「應以自己為主」，不可以「惑於新奇」，徒然做了「西洋詩的尾巴」。[11]

9 同註7。

10 有關一九五〇年代三場新詩論戰的探討，可參閱蕭蕭，〈五〇年代新詩論戰述評〉，收入文訊雜誌社主編，《台灣現代詩史論：台灣現代詩史研討會實錄》（台北：文訊雜誌社，一九九六），頁一〇七—一二二。

11 紀弦，〈從現代主義到新現代主義——對於覃子豪先生「新詩向何處去」一文之答覆上〉，《現代詩》一九期（一九五七年八月三十一日），頁二。

這篇題為〈從現代主義到新現代主義〉的社論，再三為他自己主張「橫的移植」之立場辯護。他承認「移植之花」並非「國粹」，可是經過二、三世代的努力，移植之花自然就成為民族文化的一部分。不過，紀弦仍然還是沒有清楚交代他移植了怎樣的文學理論。如果覃子豪與紀弦之間有任何的區隔的話，就在於前者強調新詩應該是「知性和抒情的混合物」，而後者則只偏重知性而排斥抒情。紀弦指控覃子豪是「折衷派」，他自己才是現代主義者。紀弦說：「我們之所以唾棄抒情主義，強調知性，就是由於唯恐情緒其物漫無限制地進入詩的領域便會作起怪來而結果使新詩再度墮落到喜怒哀樂之告白的浪漫主義的十九世紀之泥濘裡去而不能自拔。」這段冗長的文字，主要在於凸顯出紀弦對抒情詩的厭惡與拒斥。這種徹底的、絕對的現代主義論，並不是從西方移植過來的，而是紀弦自己創發的現代基本教義派。他的現代派教義建立於三段論法，亦即本質論、形式論與方法論：

我們的本質論是：詩的本質不是散文所能表現的「詩情」而是散文所不能表現的「詩想」。我們的形式論是：基於內容決定形式之大原則而以「自由詩」代「定型詩」；以「散文」之新工具代「散文」之舊工具。我們的方法論是：幾何學的表現手法之作廢；代數學的表現手法之揚棄；物理學的和相對論的表現手法之實驗。其實不僅是本質論和方法論的不同而已，就連形式論也是跟他們有別的。這是基於整個的詩觀、美學標準的

> 新舊、乃至宇宙觀、人生態度的差異。[12]

這種三段論法，在前述的〈從「形式」到「方法」〉已經申論過了，只是他把「平面」與「立體」的說法，以「幾何學」、「代數學」與「物理學」、「相對論」來取代。紀弦在理論上的貧困，頗能顯示一九五〇年代現代主義運動展開之初的荒蕪狀態。他完全以主觀的意志認定現代主義的思想與內容。

正因為如此，藍星詩社的成員黃用借用了紀弦的文題，另寫一篇〈從現代主義到新現代主義〉提出質疑[13]。在這篇文字裡，黃用提到「超現實主義」、「潛意識」與「自動文字」等西方現代主義的重要概念。受到挑戰的紀弦卻始終沒有對這些概念提出答覆，而只是不斷自我辯護他不是「超現實主義」，也從未使用過「自動文字」。他並且也申辯，自動文字與潛意識是不可以等同起來云云。有關潛意識的問題，他最多也只能做如下的解釋：

> 過去，未來，銀河之大，蒼蠅之微，自然，人生，宇宙間萬事萬物，無不可以入詩，

12 紀弦，〈從現代主義到新現代主義〉，頁七。

13 黃用，〈從現代主義到新現代主義〉，《藍星詩》二期（天鵝星座號）（一九五七年十月二十五日）。

就連那肉眼所不能見肉耳所不能聞極其微妙神祕不可思議的「潛意識」，也不是不可加以經驗化對象化從而理性地處理之秩序地表現之使成為一種藝術的。[14]

在紀弦的詩論中，他首度對潛意識的議題提出見解，而這種見解終於也不免只是表象的描述而已。他完全沒有對構成現代主義最重要的層面進行深刻的討論，更沒有提到潛意識中壓抑的欲望與記憶如何轉化成藝術。在一九五〇年代，佛洛依德（Sigmund Freud）的心理學事實上仍未為台灣社會普遍接受，因此，與意識、潛意識的相關討論也還沒有蔚為風氣。紀弦對心理學的接觸還停留在初階的程度，自是可以理解。這點益加證明早期現代詩學的引進，其實是通過一些翻譯、轉譯、誤讀甚至是誤解的途徑而逐步完成的。紀弦的現代主義已經有改造的成分，當他呼籲「新詩再革命」時，也改造了西方現代主義的一些面貌。

如果紀弦的革命行動有具體成果，那就是使新詩語言的改造獲得普遍首肯。他長期不懈對格律詩的形式進行撻伐，致力於自由詩的提倡與解放。早期詩壇對於這個主張的回應，顯然都是正面的。然而，這方面的貢獻卻是與西方現代主義並不必然有密切的關係。也就是說，如果現代化運動是成功的，紀弦所說的「現代主義」只是屬於一個標籤，一張面具，一頂帽子而已。

到達這樣的階段之後，紀弦在詩論方面就再也沒有任何突破之處。相反的，這位新詩革命的倡導者，在稍後卻以誤解的方式抨擊佛洛依德的理論。一九六一年，紀弦發表〈從自由詩的現代化到現代詩的古典化〉，一方面總結他在詩論方面的見解，另方面則流露他保守的思想。文中他批判當時詩壇的「偽自由詩」現象，其中最不能容忍的弊病是「縱欲的傾向」：

這是一群小有才者所犯的大錯誤。他們自以為是佛羅乙德（按：即佛洛依德）的私淑子弟，採取一種「唯性主義」的立場，戴上一付「唯性主義」的有色眼鏡去看一切，於是一切皆「性」，便在他們的作品中大跳其脫衣舞，作一種低級的「文字的意淫」而自鳴得意。殊不知佛氏學說雖曾影響國際現代主義，然而我們的新現代主義，是反「唯性主義」的。我們認為：現代詩是「靈的輻射」而不是「肉的展覽」。現代詩以「內的觀照」為真實，而以「外的感覺」為虛幻。現代詩不是感覺的詩；並尤其不是「性感」的詩。[15]

以「唯性主義」的角度去理解佛洛依德學說，是非常巨大的誤解。西方現代主義有關性

14 紀弦，〈多餘的困惑及其他〉，《現代詩》二一期（一九五八年三月一日），頁五。

15 紀弦，〈從自由詩的現代化到現代詩的古典化〉，《現代詩》三五期（一九六一年八月一日），頁三—四。

欲入詩的問題，其實是當作人的「真實」來處理。在佛氏學說崛起之前，波特萊爾的《惡之華》便是涉及了許多縱欲的描寫。內心世界暗藏的邪惡與罪惡，正是現代主義者必須去面對並提煉的，而不是如紀弦那樣必須大肆攻擊。紀弦自稱要「發揚」並「包容」波特萊爾以降的新興詩派，但在詩論中卻選擇了背道而馳的道路。把佛洛依德理論簡化為「唯性主義」，從而以唯性主義來批判同世代的現代詩人，這種倫理道德捍衛者的姿態，本身恰好是反現代主義的。紀弦不斷糊起「新現代主義」的招貼，卻從未為「新」做新的開創。究竟要新到何種程度才稱為「新」？當現代詩人從事前衛的嘗試時，紀弦究竟是以何種包容才稱為「包容」？瘂弦提出現代詩的「古典化」，旨在「追求不朽」，亦即如他所說的「永久的東西」。這個古典化，亦即今人所說的「經典化」。然而，「新詩再革命」的口號終於也為「新現代主義」設下了許多框架限制，既要符合民族主義的要求，又要配合反共體制的紀律，最後也不能挑戰倫理道德。紀弦的「新現代主義」完全喪失了革命的精神，真正的革命恐怕要等到《創世紀》詩社出現時才有可觀的進展。

「台灣文學國際研討會：研究現況及海外的接受狀況」宣讀論文，法國波爾多第三大學主辦，二〇〇四年十一月。

葉石濤與陳映真

——一九八〇年代台灣左翼小說的兩個面向

葉石濤與陳映真在一九八〇年代完成的左翼小說，既是向戰後初期台灣社會主義運動致敬，也是向台灣資本主義的威權體制表達最大抗議。兩位作家同時以小說形式重新建構失落已久的記憶，自然有其微言大義。在極端反共的台灣社會，凡屬左翼思考者，都很難獲得生存空間。那不僅是當權者刻意予以污名化與妖魔化，甚至還繼之以絕情的追緝與逮捕。反共思維早已上升成為整個社會的主流論述，社會主義者既被官方視為異端，也在民間視如寇讎。左翼運動的大逮捕經驗，不僅發生在日本殖民統治的一九三〇年代，也見諸於國民黨統治的一九五〇年代。縱然國民黨政府在教育宣傳上是何等鼓動反日情緒，卻在反共立場上與日本殖民者形成奇異的共犯結構。

但是社會主義思想並未從此根絕。葉石濤與陳映真對曾經有過的左翼歷史表達強烈的鄉愁，正好顯示台灣知識分子的理想主義未曾熄滅。兩位作家不約而同對深邃的左翼史投以回眸，恰如其分反映了解嚴前後思想騷動的跡象。那樣的騷動可能並不等於左翼運動復活，毋寧是台灣文學內部緊張關係的一種延伸。葉、陳兩人的書寫具有高度象徵意義，他們分別被公認是台灣意識與中國意識的擘建者；或者更確切來說，正是坊間所謂獨派與統派的指導者。因此他們藉由小說形式回顧一九五〇年代左翼經驗時，儼然構成一種細緻的對話，並且也營造一種迂迴的對峙。兩人的書寫並不能視為虛構，在其背後可以拉出一九七〇年代歷史詮釋權頡頏爭衡的緊張關係。

台灣與中國意識兩條路線

葉石濤與陳映真的小說，其實是一整個世代知識分子在政治信仰與國家認同在內心糾葛的縮影。加諸他們生命之上的歷史重量，也許不能單純以統獨的化約概念來定義。複雜的政治條件，迫使他們在極右社會尋找精神出口。那是一條艱難而挫折的心路歷程，他們的追尋並不必然有確切答案，卻必須耗盡一生全心投入。

台灣的反共始於日據時期，國民黨的反共則始於一九二〇年代。國民黨撤退到台灣時，已在內戰中徹底失敗。因此，在反共之餘，又有強烈的恐共情結。凡是中國共產黨所尊崇的，國民黨必然刻意貶抑[1]。高度的思想檢查，規範了親美、親日、反共的心靈框架。但是，這並不意味一九五〇年代沒有左傾知識分子。國民政治的高壓統治，以及海峽的隔絕封鎖，反而使許多知識青年對中國共產黨懷有無可言喻的嚮往。一九二五年出生的葉石濤，在早年偷偷閱讀社會主義書籍，顯然是希冀在國民黨三民主義思想教育下尋找救贖之道。一九

1 國民黨站在共產黨的對立面，極其鮮明地見諸於文化政策的實踐。例如，一九五〇年代以後，魯迅地位在中國直接上升，幾近於神格化；在台灣，魯迅則完全受到妖魔化。參閱陳芳明，〈魯迅在台灣〉，《典範的追求》（台北：聯合文學，一九九四），頁三〇五—三九。

三七年出生的陳映真，則在一九六〇年代以後開始接觸艾思奇的理論書籍。他們之間的年齡相距十二年，但都同樣受過日本教育，等到能夠獨立思想時，台灣的戒嚴體制已然成形。在冷戰時期，台灣被整編到資本主義陣營，左翼道路全然受到阻絕。葉石濤在一九五二年因讀書會事件而被監禁兩年，陳映真在一九六八年也因為讀書會事件而被判刑十年；直至一九七五年蔣介石去世而被特赦提早三年出獄。

在國民黨建構起來的右翼社會，凡是知識青年都受過右翼中華民族教育。這樣從文本形塑起來的中國意識，其實並沒有物質基礎。想像中的中國圖像，是靜態而平面的虛構。當中華人民共和國已歷經整風運動、反右運動、文化大革命的改造，台灣教育體制裡的中國形象仍然維持不變。台灣青年認識的中國，是懷舊病中的中國，已經是一去不復返的中國。由於台灣代表中國的合法，是依賴美國在聯合國的支持，而台灣內部也依賴所謂的代表中國的國民大會與立法院在支撐，因此中國論述在島上得以獲得生存的空間。

右翼中國意識，或國民黨式的鄉愁，在進入一九七〇年代前後，開始遭到國際形勢的強烈挑戰。首先是冷戰體制的動搖。美國資本主義在戰後長期與共產陣營的對峙，對其經濟基礎構成嚴重傷害。為求資本主義的進一步發展，遂決定調整其全球戰略。尤其陷於越戰的泥淖之際，美國亟思改變其好戰擴張的策略。以對話代替對抗的思維方式，在一九六〇年代末葉逐漸出現端倪。反共不再是美國的主流論述，代之而起的是和解氛圍的營造。唯有在和解條件的配合下，資本主義才有可能獲得突破性的進展。

停留在國共內戰思維的台灣，仍然還訴諸於反共論述。但是，在經濟政策上卻開始被迫調整。其中最重要的指標，便是在島上建立龐大的加工出口區。這是一個結束的開始，資本主義在台灣產生劇烈的改造。為了配合加工區的設置，台灣投入規模空前的十大建設，正是在這段期間見證第一條高速公路的完成。同時，國民義務教育也延長至九年，國中制度正是在此期間適時完成。

台灣內部在迎接重大經濟改造之際，在國際上也面臨立即衝擊式的變動。一九七〇年發生釣魚台事件，一九七一年退出聯合國，一九七二年周恩來與尼克森發表「上海公報」。從此，台灣陷入長期國際孤立的狀態。面對變局的到來，蔣經國著手推行本土化政治，並且也開放局部性的國會選舉。政治形勢急轉直下，官方的本土化政策一旦啟動，立即刺激潛藏在社會底層的文化能量。來自民間的回應表現在兩方面，一是草根型民主運動的崛起，一是本土性鄉土文學的上升[2]。

當時還在獄中的陳映真，也許已經知道獄外的社會已開始一連串的變革，但他無能為

2　鄉土文學運動與黨外民主運動雙軌發展的解釋，參閱陳芳明，〈七〇年代台灣文學史導論：一個史觀的問題〉，《典範的追求》，頁二二二—二三四。

力。葉石濤的期待，正式與他的時代展開適時的精神會盟。遠在一九六五年，他已發表一篇預言式的文章〈台灣的鄉土文學〉，透露他蓄積已久的心願：「我渴望蒼天賜我這麼一個能力，能夠把本省籍作家的生平、作品有系統的加以整理，寫成一部鄉土文學史。」這樣的願望在鄉土文學運動起步之際，就立即獲得實踐空間。

一九七〇年代鄉土文學之蔚為運動有幾個跡象：第一、對於現代主義文學開始嚴厲批判，最具體的行動見諸於尉天驄創辦的《文季》，連續對台灣現代詩，以及張愛玲、歐陽子、王文興進行批判。第二、戰後世代的作家次第在文壇登場，包括李昂、宋澤萊、洪醒夫、吳錦發、林雙不，大量寫出他們的農村經驗與鄉土生活。第三、新世代作家活躍之際，也與黨外民主運動保持和諧的互動。文學運動與政治運動的頻繁對話，漸漸釀造台灣意識的成熟。

台灣意識的成長極為迅速，不僅是因為有新世代知識分子的投入，更重要的，這樣的意識在台灣社會找到穩定的物質基礎。一九七五年是非常關鍵的年代，遠在中南半島的越戰終告結束，美國以極其難堪的姿態脫離戰場。在這重要時刻，台灣的強人蔣介石也猝然去世，彷彿是一個時代的終結。支配將近二十餘年的反攻大陸的口號，至此證明是無法實踐。對於當時的鄉土運動與黨外運動，國內外的政治事件無疑帶來巨大衝擊。黨外運動中前所未有的刊物《台灣政論》，便在此時正式出版。這份政論性的雜誌前後只發行五期，卻強烈暗示台灣意識日漸臻於成熟。鄉土作家與黨外人士都同時參與政論文章的撰寫。

同樣在一九七五年，陳映真因蔣介石去世而獲得特赦釋放。閱讀過馬克思主義書籍的陳映真，遠在一九六六年就曾批判過現代主義在台灣的傳播。那些早期文字，後來都收入《知識人的偏執》一書。帶有左傾思想的陳映真，出獄後立即與蘇慶黎合辦《夏潮》，一份具有強烈批判的雜誌於焉誕生。蘇慶黎的父親蘇新，是日據時期台灣共產黨的一位重要領導人。一九四七年二二八事件後，逃亡香港，稍後於一九四九年前往北京，成為中華人民共和國的中共黨員。《夏潮》的發行，也許與早期台灣左翼運動沒有直接血緣的關係，但是由陳映真與蘇慶黎主導，確實使消失已久的社會主義批判又重新復活。這份刊物是反美日帝國主義為精神主軸，在很大程度上就是直接批判國民黨的右翼統治。《夏潮》發行之初，與黨外運動維繫聯盟式的往來，還未彰顯其中國意識的傾向。

從雜誌內容來看，《夏潮》有意把中國一九三〇年代的左翼思潮與日據時期一九三〇年代台灣左翼文學互相銜接。架構起中國現代史與台灣文學史的連結，也就是陳映真日後文學論述積極追求的方向。正是在這樣的歷史觀建構過程中陳映真的中國意識與葉石濤的台灣意識無可避免產生交鋒。

葉石濤在一九七七年五月的《夏潮》發表〈台灣鄉土文學史導論〉，鮮明地在文章中提出「台灣意識」一詞：

> ……台灣一直在外國殖民者的侵略和島內封建制度的壓迫下痛苦呻吟；這既然是歷史的現實，那麼，反映各階層民眾的喜怒哀樂為職志的台灣作家，必須要有堅強的「台灣意識」才能了解社會現實，才能成為民眾真摯的代表人。惟有具備這種「台灣意識」，作家的創作活動才能紮根於社會的現實環境裡，得以正確地重現社會內部的矛盾，透視民眾性靈裡的悲喜劇。當一個作家在描寫他生存的時代時，現實的客觀存在固然會決定作家的意識，但作家的意識也會反過來決定存在；而這時候，構成作家意識的重要因素之中，積累下來的民族的反帝反封建的歷史經驗，將佔有一方廣大的領域。民族的抗爭經驗猶如那遺傳基因，鏤刻在每一個作家的腦細胞裡，左右了他的創造性活動。台灣作家這種堅強的現實意識，參與抵抗運動的精神，形成台灣鄉土文學的傳統，而他們的文學必定有民族風格的寫實文學。[3]

台灣意識是台灣作家與台灣社會交互作用的歷史產物。這種提法對於一九七〇年代的鄉土文學運動誠然提供了具體辯證。這篇導論，後來就成為鍾肇政、葉石濤主編《光復前台灣文學全集》十二冊（台北：遠景，一九七九）的總序。從馬克思的基本論點出發，葉石濤在解釋殖民地台灣文學時，已經照顧了作家的歷史環境與經濟條件。

出獄甫一年的陳映真，立即撰文回應葉石濤。在題為〈台灣鄉土文學的盲點〉之駁論中，他集中於兩個焦點：第一、「『台灣立場』的最初的意義，毋寧只有地理學的意義。它在近代的、統一的中國民族運動產生之前，相應於中國自給自足的，以農業和手工業為基礎的中國社會經濟條件，而普遍存在於中國各地。」第二、他認為台灣人意識只存在於資本主義過程中新近興起的市民階級中，陳映真特別強調：

……在日治時代的台灣，是台灣，是農村——而不是城市——經濟在整個經濟中起著重大作用。而農村，卻正好是「中國意識」最頑強的根據地。再就城市來說，由於台灣籍資本家也同受日本殖民者在經濟上、政治上的壓迫，有反日的思想和行動。而這些城市中小資本家階級所參與領導的抗日運動，在一般上，無不以中國人意識為民族解放的基礎。這是只要熟悉日治時代台灣民族運動和文學運動的人所深刻理解的。因此，在這個階段中的「台灣意識」，除了葉（石濤）先生所不憚其煩地、堅定指出的「反帝、反封建」的現實內容之外，實在不容忽略了和台灣反帝、反封建的民族、社會、政治和文學運動不可分割的、以中國為取向的民族主義的特質。[4]

3 葉石濤，〈台灣鄉土文學史導論〉，《夏潮》一四期（一九七七年五月）。
4 陳映真，〈台灣鄉土文學的盲點〉，《台灣文藝》革新第二期（一九七七年六月）。

陳映真提出「中國意識」一詞，為的是收編葉石濤的「台灣意識」。不過，文中所說台灣農村是中國意識最頑強的根據地，又說台灣反日、反封建的殖民地抵抗運動，都具有以中國為取向的民族主義特質，顯然在台灣史實中找不到證據[5]。葉、陳之間的討論並沒有進一步的延伸思辨，因為兩篇文章發表之後，台灣鄉土文學論戰就在一九七七年爆發，中斷了兩人的思想互動。但是，非常清楚的事實是，台灣意識與中國意識在一九七〇年代以降就成為鄉土文學中兩條鮮明的路線。他們的議論充分顯示，國民黨的文藝政策在作家之間的影響與支配已經式微。或者更清楚而言，官方的右翼中華民族主義已失去舉足輕重的地位。正在崛起的是左翼台灣史觀與左翼中國史觀。從這樣的角度來觀察葉、陳在一九八〇年代書寫的左翼小說，無疑是他們在七〇年代末及完成的對話與對峙之延伸。

葉石濤：怯懦的左翼人物

檢視葉石濤在一九六〇、七〇年代的小說與文論，當可發現他的小說創作與文學批評其實是沿循不同書寫策略。他在一九六〇年代以後完成的短篇小說集《葫蘆巷春夢》與《羅桑榮和四個女人》，運用唯美浪漫主義的技巧，小說人物頗耽溺於幻想與情欲。但是他的文學評論如《台灣鄉土作家論集》、《走向台灣文學》，則自始至終主張寫實主義的審美原則。擺盪在浪漫主義與寫實主義之間，可能是屬於一種自我保護的方式。畏縮型的小說與進取型的評論，構成葉石濤奇異的文學風景。

但是，進入一九八〇年代左右，他的文學生涯出現重大轉折。首先是他畢生所追求的台灣文學史書寫開始進入實踐階段，而終於在一九八七年正式出版《臺灣文學史綱》[6]。其次，值得注意的是他毅然重新回顧一九五〇年代曾經有過的牢獄經驗。這是因為威權體制在八〇年代之後已經發生鬆動現象，使許多被壓抑的記憶與思想在政治縫隙中破土而出。葉石濤最早吐露自己是社會主義者，大約是一九八六年左右。他自剖思想歷程轉變的苦痛：「從青春初期的日文轉移到中文是一個艱辛的過程，從拋棄法西斯軍國主義的遺毒，到接受科學的社會主義是一個過程，從科學的社會主義到社會民主主義又是另外一個過程。」[7]這種轉折歷程看似非常簡略，背後其實暗藏複雜的歷史演變。從日文思考到中文書寫，足以道盡殖

---

5 關於葉、陳之間的討論可以參閱宋冬陽（陳芳明），〈現階段台灣文學本土化的問題〉，《放胆文章拚命酒》（台北：林白，一九八八），頁三五—六〇。

6 葉石濤文學史工程的相關討論，參閱陳芳明，〈葉石濤的台灣文學史觀之建構〉，《後殖民台灣：文學史論及其周邊》（台北：麥田，二〇〇二），頁四七—六九。

7 葉石濤，〈沉痛的告白〉，《中國論壇》三〇期（一九八六年五月）；後收入葉石濤，《一個台灣老朽作家的五〇年代》（台北：前衛，一九九一），頁五—二九。

民地知識分子在歷史轉型期面臨的考驗。語言原來是作家的基本利器，只因政權的轉換而必須改變語言使用，正好彰顯台灣作家的精神苦惱。其中實際還牽涉大和民族主義過渡到中華民族主義的試煉。這正是葉石濤自謂的「拋棄法西斯帝國主義的遺毒」。

不過，更具關鍵的轉變，見諸於「從科學的社會主義到社會民主主義」的轉移；前者意味著他一九五〇年代所接受的正統馬克思主義思想，後者則是指七〇年代他以左翼思維介入黨外民主運動。這種哲學層次移動，無疑是相應於台灣社會在不同歷史階段的轉變。這種告白必須等到七十歲以後才發抒出來，正好反映了他在長期白色恐怖陰影的畏怯。葉石濤親自參加過讀書會的活動，並且被逮捕監禁三年，在回憶之際，筆下文字從未有任何膨脹誇張之處。他反而仍然保持拘謹之心，謹慎描述他曾經有過的恐懼經驗。他的自畫像，呈現的絕對不是英雄，而是一位懦弱卻又懷抱理想主義的書生。觸及自己的思想時，他的定義近乎模糊：「我以前接受過馬克思主義的洗禮，所以並不屬於資產階級的胡適等人舊自由主義者，我是帶有濃厚的社會主義傾向的新自由主義者。說穿了自由主義似乎是屬於資產階級或小資產階級的意識形態，常是搖擺不定，夾在極端的意識形態之中痛苦掙扎的夾心餅乾。唯一可以確定的是自由主義者絕對反對任何形態的獨裁統治和法西斯，他們追求的是民主與自由。」8

這是很傳神的描述，當他以自由主義左派自我定位時，足以道盡他在思想上的困境。這種中間位置，決定他不可能選擇激進的革命路線；但另一方面，他又不滿於獨裁統治，因此也決定了他消極的理想主義。或者確切地說，他是一位患有行動未遂者的知識分子。即使在他內心寧靜地釀造一場風暴，亦無法見容於當時的威權統治。白色恐怖帶來的震攝，竟有至於此者。

但是，暗藏在內心底層的社會主義嚮往，是否與中國內戰中，中國共產黨的節節勝利維繫密切關係？葉石濤的短篇小說〈紅鞋子〉，表現了他個人的思想傾向。〈紅鞋子〉是一九五〇年代在台灣放映的英國芭蕾舞星的電影故事，暗示了小說主角簡阿淘在觀賞影片後便遭到逮捕。這篇小說欲言又止，故事很不完整。小說暗示了主角與許多左翼人士有所往來，簡阿淘卻莫名地與他們斷絕聯繫。故事最為關鍵處，出現在小說人物內心獨白：「我們台灣民眾的再解放，並不需要和祖國大陸的解放運動取得聯繫。我們相信四百多年的台灣歷史，已經使台灣人締造了共同的歷史命運，唯有台灣人本身站起來，才能把台灣建設成為『台灣人的台灣』這樣一個天堂。」[9]

這樣的發言，可能是葉石濤小說中政治立場最清楚的告白。然而，這似乎與故事裡懦弱

8　葉石濤，《一個台灣老朽作家的五〇年代》，頁四九。

9　葉石濤，〈紅鞋子〉，《紅鞋子》（台北：自立晚報社文化出版部，一九八九），頁二〇二—四二。

的書生的性格極不協調。必須注意的事實是，小說完成於民主進步黨成功之後，也許葉石濤把他一九八〇年代的激情嫁接到白色年代。另一方面，小說人物的言談，似乎又迂迴回答他的論敵陳映真。畢竟在一九七七年陳映真發表〈鄉土文學的盲點〉之後，葉石濤從未正面回應，遂藉故事的虛構營造，順勢對台灣統派做出遙遠的答覆。

《紅鞋子》出版後，他緊接又完成《台灣男子簡阿淘》，幾乎可以反映葉石濤在那段時間亟欲傾吐他蓄積已久的內心語言。頗富自傳色彩的兩本書，集中在他旺盛的成長時期。他見證歷史的力量沖刷而來，許多人如果不是滅頂，便是隨波逐流。在蒼茫的水域裡，簡阿淘從來就沒有扮演過英雄的角色。在葉石濤的歷史小說中，根本沒有任何堅毅人格的登場。唯其如此，他的故事才更接近歷史事實。「反英雄」的書寫，使每一位理想主義者都顯現匱乏的行動力。

怯懦的左翼人物，襯托出戰後台灣社會的悲劇。整個政治格局已經確立，任何的作為，甚至是激進革命行動，也無法使客觀環境有絲毫改變。然而，反英雄的書寫其實也是一種深沉的抗議。縱然小說中從未出現任何果決的行動，故事重現時就已經使黑暗的白色年代表露無遺。受到傷害的心靈通過書寫也許可以獲得治療，但葉石濤的心願恐怕不止於此。在委婉的描述裡，他刻意使隱晦不明的台灣意識獲得刷新，同時也使台灣的反對黨運動得到歷史詮釋。回憶不再只是單純的回憶，而是具體而微地勾勒當代史的形象。

陳映真：批判性的左翼人格

陳映真在一九八〇年代，可謂進入他文學生產的豐收時期。以筆干涉政治文化與社會氣象，使他成為解嚴前後的重要聲音。他不僅發行以報導文學為主調的《人間雜誌》，在文學創作上則開啟三個主題：第一是以批判跨國公司為主題的《華盛頓大樓》系列小說，第二是以五〇年代白色恐怖為主軸的《山路》，第三則以兩岸關係的再連結為主題，完成一部《忠孝公園》。無論是雜誌出版，或是小說創作，都顯示陳映真的左翼思想有了生動的實踐。

早期的小說，陳映真酷嗜營造死亡的主題。至少在一九六〇年代現代主義作家的行列中，陳映真筆下的人物占有最高的死亡率。在精神找不到出口的苦悶年代，死亡主題的浮現，既是抗議，也是批判[10]。不過，出獄以後，陳映真見證台灣社會的高度資本主義化，反而死亡主題全然消失，取而代之的是活潑的行動。回應如此全新的時代，他的小說也產生巨大迴旋。正如回顧自己的創作歷程時，他說：「八〇年代開始，他從反省和批判台灣在政治經濟和心靈的對外從屬化的《華盛頓大樓》系列，轉折到以五〇年代台灣地下黨人的生活、

10　陳映真小說中死亡主題的討論，參閱宋冬陽（陳芳明），〈縫合這一道傷口：論陳映真小說中的分離語結合〉，《放胆文章拚命酒》，頁一七一—二〇四。

愛與死為主題的《鈴鐺花》系列，是他把當代台灣人民克服民族內戰、克服民族分裂的歷史——台灣地下黨的歷史加以文學化的營為。」[11]

陳映真的創作企圖，與他的對手葉石濤所寫的小說一樣，都是把一九五〇年代歷史作為當代史來經營。對於白色恐怖時代的反省，陳映真確實比葉石濤的書寫還早。一九八三年台灣警備總部正式釋放最後一批長期政治犯時，引起社會的騷動。這些監禁將近三十年政治犯的出獄，無異是揭開台灣歷史的傷口。荒蕪、黑暗，近乎遺忘的記憶，轟然喚醒埋藏已久的痛楚。陳映真在稍後為一冊政治犯專書撰寫序文，表達如此沉痛的心情：「把五〇年代具有世界戰後史重大意義的白色恐怖犧牲者『非人化』，從而將白色大屠殺的歷史湮滅、遺忘和否認的手法，和湮滅一切殖民主義和法西斯暴行的手法如出一轍。在大恐怖中倖存下來，如今已屆七十暮年的被害者，便是長期在這污名化、『非人化』的湮滅、否認、狡猾和遺忘的冰山下被掩埋了五十年。五十年來，我們從來聽不到有人以活生生的人、和你我一樣普通人的面貌，出來為那殺戮時代、苛虐的歷史作見證。」[12]

對於一九五〇年代的政治犯逮捕，陳映真從全球冷戰的角度來解釋。他始終強調國民黨獵殺紅色分子，是因為受到美帝國主義反共政策的唆使。必須從這樣的立場發言，才能夠同時批判美國與國民黨的共犯結構。從歷史來看，國民黨的反共與清共，並非始於一九五〇年代。遠在一九二七年，清黨運動就已開始。不過，誠如陳映真所言，國民黨對左翼知識分子的虐殺與湮滅，是到台灣以後才變得更加高明而細緻。從冷戰觀點來詮釋高壓政治，自然是出於陳映真的悲憤。

在白色恐怖故事裡，陳映真塑造的角色都近乎英雄人格。最為驚心動魄的人物，莫過於〈山路〉中的女性蔡千惠。即使在形塑左翼批判故事，陳映真仍然無法忘情於他早年的浪漫理想主義色彩。小說重心並未放在左派黨人如何在獄中遭到肉身凌虐或思想改造，反而透過女性身體來襯托一個壯烈的時代。小說中被逮捕而終身監禁的黃貞柏，是蔡千惠的未婚夫，她所崇拜的組織領導人李國坤則遭到槍決。故事最為曲折離奇之處，在於這位女性誘稱是李國坤的未婚妻，自願來到李家侍奉老婦幼弟。蔡千惠以苦勞的方式，使李家生活環境獲得改善。這種贖罪式的行動，既不是為了填補黃貞柏的缺席，也不是為了完成李國坤的遺志，卻是為了履踐蔡千惠本人的左翼信仰。當她聽到黃貞柏在長期監禁後獲釋時，整個肉體驟然崩潰，開始厭食，終至枯萎而死。

蔡千惠的死，不像過去陳映真早期小說中的死，只是為了單純愛情事件，而是為了一個

11 陳映真，〈後街〉，《父親》（台北：洪範，二〇〇四），頁六七。

12 陳映真，〈在白色恐怖歷史的證人席上發言：序王歡先生《烈火的青春》〉，《海峽評論》一〇二期（一九九九年六月）。

偉大的、無法實現的共產理想而死。蔡千惠的行為，或許竟如王德威所說，是「以一種緩慢卻堅決的姿態走向死亡，成就了終極荒謬（女）英雄的姿態，陳映真藉〈山路〉傾吐自己被壓抑的記憶，往時往事似乎至此隨風而去。如果共產主義總有一個時間表，〈山路〉的故事恰恰是個時間／歷史被錯失及錯置的悲喜劇。」[13]這樣的解釋當然是可以成立，卻還可以進一步引申。

陳映真與葉石濤的左翼史建構，正如前述，其實都企圖以小說形式解釋當代歷史，亦即他們所處的一九八〇年代歷史。在那段時期，是台灣經濟最好的階段。就像劉大任回到台灣，見證社會繁榮的景象而寫下〈台灣發了〉那篇短文。陳映真歷經鄉土文學論戰與美麗島事件之後，發現台灣安然被編入晚期資本主義社會。在海峽對岸，中國也逐步邁向改革開放時期。因此，〈山路〉的誕生，無疑是各種歷史力量衝擊之下的產物。蔡千惠在故事最後留下給黃貞柏的一封信，其中寫下了相當關鍵的句子：「如果大陸的革命墜落了，國坤大哥的赴死，和您的長久的囚錮，會不會終於比死、比半生囚禁更為殘酷的徒然。」[14]

陳映真小說的批判張力，在此展現無遺。從技巧上來看，故事情節也許過於牽強，文字藝術似乎猶待鍛鑄，而小說最後的敘述又非常教條黏膩。但是，一九八〇年代的心情卻相當飽滿地容納於小說篇幅。他致力於左翼史的重建，最優先的假想敵當然是島內正處於上升狀態的台獨運動，因此堅持左統的理念，自然就在於稀釋台獨的力量。不過，陳映真最擔心的是台灣後現代主義的到來，以及中國社會主義路線的轉向。蔡千惠之死，絕對不是為了一個空洞的信仰，而是為了一個越來越具體的答案。五〇年代受害者的犧牲，竟然換來下一代的飽食富有。如果蔡千惠就是陳映真的化身，他最後的精神支柱恐怕就是中國社會主義終於也走向資本主義的道路。對於左統的領導者陳映真，等於是站在歷史謎底就要揭開的當口。中國革命一旦墜落，精神與肉身是不是注定慢慢枯萎而死？

歷史反思或政治反諷？

台灣左翼史的重建，一直是處在零落狀態。當台灣越來越陷入資本主義化時，反共的思維其實是以各種幽靈形式不斷復歸。解嚴長達二十餘年之後，台灣右翼價值反而越來越強化。一九五〇年代的左翼運動者，面對越來越殘酷的現實，已經體認到世界改造的工程越來越成為不可能的任務。當客觀現實無法改造時，是不是左翼運動者必須自我改造？

13 王德威，〈三個飢餓的女人〉，《如何現代，怎樣文學？：十九、二十世紀中文小說新論》（台北：麥田，一九九八），頁二四〇。

14 陳映真，〈山路〉，《鈴鐺花》（陳映真作品集五）（台北：人間，一九八八），頁六四。

葉石濤在一九八〇年代以左翼史觀建構《臺灣文學史綱》時，至少還保留了實踐空間。解嚴之後，他才著手撰寫左翼小說。他的左翼小說顯然出現一種無力感，完全無法表達階級立場。當他的階級立場萎縮時，他的精神支柱只能選擇向民族主義傾斜。小說中一旦出現「台灣是台灣人的台灣」之類的語言，他的民族意識就已證明是強過他的階級意識，左翼價值已開始動搖。

陳映真的情況似乎更為悲觀，蔡千惠之死，絕對並不意味一位善良女性之死，而是一個理想主義的中國之死。在一九九〇年代初期完成的《忠孝公園》，集中營造大陸台籍人士的返鄉故事。在小說中，階級意識已是一息尚存，巍然崛起的竟是中國民族意識。

葉、陳二位的思想主軸，彷彿又回到一九七〇年代台灣意識與中國意識兩條路線的發展。當全球化浪潮浩浩蕩蕩襲來，即使是共產主義國家也開啟門戶迎接資本主義湧進。葉石濤最後生涯投靠了民主進步黨，陳映真現在則寄託於中國共產黨。這兩個政黨都是以民族主義為訴求，也都以資本主義為最高價值。民進黨似乎已經遺忘當年崛起時勞工、農民的力量，中國共產黨也已遠離以農村為根據地的延安精神。葉、陳當年左翼小說傳出的抗議聲音，於今已飄逝在全球化的蒼茫大氣中。

《台灣文學學報》一七期（二〇一〇年十二月），頁二二一—四四。

鍾肇政小說的現代主義實驗

——《中元的構圖》的再閱讀

重返一九六〇年代

二十世紀的六〇年代，是鍾肇政文學生涯的巔峰時期。在這段期間，他完成了長篇小說《濁流》（一九六二）、《魯冰花》（一九六二）、《大壩》（一九六四）、《流雲》（一九六五）、《大圳》（一九六六）、《沉淪》（一九六八）、《江山萬里》（一九六九），以及短篇小說《殘照》（一九六三）、《輪迴》（一九六七）、《大肚山風雲》（一九六七）、《中元的構圖》（一九六八）。除此之外，他在一九六五年還獨立編輯兩套文學叢書，一是《本省籍作家作品選集》十冊（文壇社），一是《台灣省青年文學叢書》十冊（幼獅書店）。這兩部選集，總共收入一百七十餘位日據時期與初登文壇的本地作家之詩與小說[1]。其中最值得注意的是，楊逵的名字在《本省籍作家作品選集》中獲得介紹，而使這位具高度批判的日據作家首度與戰後台灣社會初識。鍾肇政旺盛的生命力，也同樣表現在介入吳濁流所創辦的《台灣文藝》之編輯工作上。

鍾肇政展現出來的歷史意識與文學信念，在戰後台灣文學仍處於荒蕪階段之際，自然有其過人的膽識與非凡的格局。很少人能夠相信，這位出身於《文友通訊》（一九五七—一九五八）的作家，竟然具備如此強悍的爆發力[2]。更為重要的是，他在這段時期的創作藝術是沿著兩條路線在進行，一是長篇小說中寫實主義的書寫策略，一是短篇小說中現代主義的實驗技巧。前者在於探索台灣歷史的真實，後者則在於探測個人內心的真實。兩種創作經驗的同步發展，在一九六〇年代作家中誠屬罕見。對現代主義美學的追求，鍾肇政尚未有任何文字做清楚的回憶與反思。而文學史家與評論家也對於他的現代主義實驗鮮少論及。因此，他在這方面的藝術深度與高度，顯然值得進一步去探討。

在大部分評論鍾肇政小說的文字中，注意力往往集中在他有關歷史記憶的大河小說[3]。

1 有關《本省籍作家作品選集》與《台灣省青年文學叢書》的編輯過程，可以參閱鍾肇政，〈兩大《文叢》推介台灣青年作家〉，《鍾肇政全集‧冊二〇‧隨筆集（四）》（桃園：桃園縣文化局，二〇〇二），頁二九三—三七五。

2 一九五七年以文學聯誼性質為主的《文友通訊》正式成立，參與的作家包括陳火泉、李榮春、鍾理和、施翠峰、鍾肇政、廖清秀、許炳成等七人。其中鍾理和於一九六〇年早逝，其他作家日後雖仍繼續堅持文學道路，唯產量最豐者當推鍾肇政。有關《文友通訊》的始末，可以參閱鍾肇政，〈那一段青春歲月——記《文友通訊》的青春群像〉，《鍾肇政回憶錄（二）：文壇交友錄》（台北：前衛，一九九八），頁九—四六。

3 鍾肇政大河小說所展現的歷史記憶與寫實技巧，受到最多的討論。較為重要者包括葉石濤的〈鍾肇政論〉，《台灣鄉土作家論集》（台北：遠景，一九七九），頁一四一—五三；彭瑞金，〈論鍾肇政的鄉土風格〉，《泥土的香味》（台北：東大，一九八〇），頁三七—五六；林瑞明，〈且看鷹隼出風塵——論鍾肇政的《沉淪》〉、〈戰爭的變調——論鍾肇政的《插天山之歌》〉、〈人間的條件——論鍾肇政的《滄浪

這是可以理解的，因為鍾肇政的歷史小說涉及台灣社會被壓抑（repressed）與被壓制（suppressed）的文化鄉愁、文化記憶與文化欲望。當台灣社會在尋找自己的主體性之際，鍾肇政在一九六〇年代完成的《濁流三部曲》，與七〇年代出版的《台灣人三部曲》，無疑是在挑戰官方的中華民族主義論述。戒嚴體制下的歷史教育，除了大肆渲染虛構的民族主義之外，也極為有計畫地泯滅台灣人曾經創造出來的歷史經驗。鍾肇政的大河小說，可能還不足與戒嚴文化抗衡，但是這些作品展示出來的雄偉敘述，撫慰了多少暗藏在社會底層中的受傷心靈。這方面的文學成就，自然就受到廣泛的注意。

不過，鍾肇政在參加一九六〇年代的《台灣文藝》編輯工作之際，也無可自抑地寫了一系列現代主義夢魘式的短篇小說，其中也具備了一定程度的批判力道。在現代主義運動洶湧地在台灣社會造勢時，遠在鄉間擔任教師的鍾肇政似乎也受到一些衝擊。只是這樣的接受過程，到目前為止還無跡可循。比較值得注意的是，他的幾篇現代主義小說都發表在吳濁流的《台灣文藝》。當時亟需稿源支援的《台灣文藝》，顯然開放極大空間容許鍾肇政做這方面的嘗試。在一九六〇年代發表的現代主義式小說，大多已收入《中元的構圖》裡。究竟這樣的小說能不能視為前衛藝術？對於鍾肇政所營造的鄉土文學而言，這些小說在精神上有何種程度的聯繫；以及對於當時的政治環境來說，這些小說具有怎樣的文化意涵。在台灣文學史的撰寫日益受到重視的今天，這些問題值得深入去挖掘。

從葉石濤的批評格局出發

最早注意到鍾肇政現代小說藝術的評論家，恐怕是葉石濤先生。他的〈論《中元的構圖》〉，頗具洞察識見，直接指出《中元的構圖》的大膽嘗試手法[4]。在這篇長論中，葉石濤毫不掩飾他對西方現代小說的熟悉。他借用海明威的創作技巧來比並鍾肇政的小說，似乎流於泛論與誇張。但是透過海明威小說中的特色，「以現實的時間與過去的時間交錯出現的手法，成功地把外在世界與內在感受統一起來」，多多少少也窺探到鍾肇政小說的一些奧祕。對於當時以建立鄉土文學為主旨的《台灣文藝》而言，鍾肇政的新嘗試與新手法誠然帶來了全新的感覺。

鍾肇政與現代主義的接觸，也許不同於一九六〇年代其他新小說作家所遵循的途徑。以

行》〉，均收入氏著《台灣的文學觀察》（台北：允晨文化，一九九六），頁八八—一〇六；頁一〇七—二二；頁一二二—三九。以及錢鴻鈞的六篇文學評論，都專注於討論鍾肇政的歷史小說《插天山之歌》、《魯冰花》、《濁流三部曲》、《怒濤》、《戰火》等，見氏著《戰後台灣文學之窗：鍾肇政六百萬字書簡研究》（台北：文英堂，二〇〇二），頁一五—三一〇。

4 葉石濤，〈論《中元的構圖》〉，《台灣鄉土作家論集》，頁一七九—九二。

《現代文學》的白先勇、王文興為主的小說創作者，都是透過英美思潮的接受與吸收而投入現代主義運動。鍾肇政顯然是透過日本文學的嫁接而銜接現代主義的思潮。他在一九七五年出版《西洋文學欣賞》時便承認，戰後初期陸陸續續閱讀了日本新潮社的《世界文學全集》。通過日譯的西洋名著，鍾肇政也因此間接受到西方文學流派的影響[5]。這種藉由翻譯與轉譯方式來理解現代主義，原是殖民地知識分子無可避免的文學道路。鍾肇政並不必然需要全盤理解西方現代文學的風貌，在片段的、選擇性的文學翻譯之閱讀過程中，多少也能夠窺探這種美學的一些精神與特色。正如在這冊書前的〈小引〉，鍾肇政恰當地表達了他對翻譯的態度：「在嚴格意義下，依靠翻譯，欣賞是不能完全的，尤其是我們這兒的翻譯作品，歷來都被認為佳譯少之又少。然而筆者個人倒以為，如果有好的翻譯，固然最為理想，不過即使是不十分高明的譯作，仍然可以給我們帶來莫大的好處，至少也可以說，讀比不讀好。」[6]

翻譯的現代主義，對於台灣文學所產生的影響，不可謂不大。「讀比不讀好」的態度，足以說明台灣作家都抱持著求變的態度。縱然是誤讀，甚至誤解了翻譯的現代主義，對於他們的創造力可以說帶來了無可預估的衝擊。他們進入陌生的精神領域，並且以著他們自認為是正確的方式去認識陌生的文學心靈，從而發現前所未有的美感經驗。歷史往往是在這種不經意的文化接觸中獲得改寫，新的文學生命也是因為在如此偶然的聯繫得到孕育。

如果這種理解是可以接受的，則鍾肇政在一九六〇年代的文學閱讀經驗就值得注意。當他開始撰寫現代主義式的短篇小說之際，也正是他著手翻譯日本作家安部公房的《砂丘之女》與《燃燒的地圖》。翻譯的經驗，往往也是閱讀、批評與再創造的經驗。安部公房的小說是否為鍾肇政帶來意想不到的影響，也許難以推測。不過，他在翻譯時特別指出：「安部的文學，與自然主義以來的以實感為主的文學，有其實質上的差異。」[7]《砂丘之女》與《燃燒的地圖》兩部作品所具備的現代感，小說中所呈現的荒謬、疏離、死亡、傷害等等情節故事，以及人性幽暗與政治無意識的挖掘，顯然已為鍾肇政所察覺了。安部公房撰寫「現代人的行為、思考、感受」，是那樣的游移不定，是那樣的一無所知，不過這正是現代主義者所要追蹤探索的。鍾肇政在《台灣文藝》時期的創作會出現現代式的實驗取向，即使不能

---

5 鍾肇政，〈《西洋文學欣賞》後記——讀書生活的回憶〉，《西洋文學欣賞》（台北：志文，一九七五），頁二四五—五四。從這篇後記可以發現，這本介紹性的書籍參考了日本人的著作，包括山室靜的《世界文學小史》、本田顯彰的《西洋文學入門》，以及每日新聞社編的《世界名著》。

6 鍾肇政，〈小引〉，《西洋文學欣賞》，頁八。

7 鍾肇政，〈從《砂丘之女》到《燃燒的地圖》——簡介安部公房的新著〉，《純文學》四卷五期（一九六八年十一月），頁一一七。安部公房的這兩部小說在日本分別出版於一九六二年與一九六七年。鍾肇政的現代主義小說也正是在這段時期發表。他的翻譯也完成於這段期間，參閱鍾肇政譯，《砂丘之女》（台北：純文學，一九六七）；以及鍾肇政譯，《燃燒的地圖》（台北：遠景，一九七八）。

說與閱讀安部公房有直接的聯繫，至少在一定程度上也得到想像的啟發。

在初期的《台灣文藝》，鍾肇政發表的小說都帶著現代主義的鮮明色彩。包括〈溢洪道〉、〈道路，哲人，夏之夜〉、〈骷髏與沒有數字板的鐘〉、〈大嵙崁的嗚咽〉、〈中元的構圖〉、〈大機里潭畔〉、〈雲影〉等[8]。這些作品後來都收入短篇小說集《中元的構圖》[9]。相較於他同時期所寫的以寫實主義為基調的歷史小說，這些作品誠然具有前衛性的傾向。他大量書寫戰爭、死亡、記憶、傷害、情欲與夢魘，敘述技巧也有了跳躍式、斷裂式的嘗試。然而，鍾肇政所創作的現代小說也並不是那樣前衛，小說構造出來的故事其實還是非常鄉土、非常歷史的。

鍾肇政的發明，為台灣文學的發展闢出另一奇異的路數。專擅中國北方鄉土小說的同時期作家朱西甯，也曾經有過類似的嘗試。朱西甯的《鐵漿》，出現大量的中國北方語言，並且把現代化衝擊下的農村舊社會實況以現代主義技巧表現出來，造成一種突兀而錯愕的美感[10]。朱西甯與鍾肇政所理解的現代主義，在內容與精神上絕對有很大的出入。不過，他們致力於傳統與現代之間的鍛鑄，其用心良苦應該是互通的。在鍾肇政的小說中，也使用許多客家語言的表現，並且有意與台灣歷史經驗銜接。那種詭異的、苦澀的文字，流淌於每篇小說裡。這些作品置放在鍾肇政文字生涯的脈絡，是一種稀罕而離奇的存在。

殖民歷史記憶的烙印

現代主義運動在一九六〇年代的湧現，與當時社會環境對照之下顯然是不協調的。距離戰爭結束僅十餘年，台灣經濟正處在復甦的階段，尚未有足夠的文化條件來支撐這種前衛藝術的推展。台灣作家急於在技巧上求變，似乎意味著對當時苦悶的政治現實感到焦慮而不耐。鍾肇政在六〇年代寫出第一部大河小說《濁流三部曲》時，正面地塑造殖民歷史中的台灣人形象。他依賴的寫實主義技巧，也許揭露歷史底層台灣人被壓迫、被損害的命運，卻還不足以挖掘台灣人在戰爭中所受的心靈傷害。精神上的創傷，恐怕不是寫實主義手法能夠勝任去探索的。鍾肇政轉而求助於現代主義式的書寫策略，可能就在於挖掘他的歷史小說所未

---

8 這些小說在《台灣文藝》發表的期數如下：〈溢洪道〉（一卷一期）、〈道路，哲人，夏之夜〉（一卷三期）、〈骷髏與沒有數字板的鐘〉（一卷六期）、〈大料崁的嗚咽〉（二卷九期）、〈中元的構圖〉（三卷一三期）、〈大機里潭畔〉（三卷一七期）、〈雲影〉（四卷二一期）。

9 鍾肇政，《中元的構圖》（台北：康橋，一九六八）；後收入《鍾肇政全集・冊一三・中短篇小說（一）》（桃園：桃園縣文化局，二〇〇〇）。

10 有關這方面的討論，參閱陳芳明，〈朱西甯的現代主義轉折〉，「紀念朱西甯先生文學研討會」宣讀論文，聯合文學主辦，台北，二〇〇三年三月二十三日。

能觸及的台灣人內心世界。

這是可以理解的。台灣社會在戰後未嘗有過重新建構歷史記憶的空間，由於官方民族主義的支配，使得殖民時期的傷害都被壓抑在台灣人的內心深處。太平洋戰爭的歷史噩夢，從未得到釋放。繼之而來的戒嚴體制，更使許多知識分子的心靈變成精神囚牢。鍾肇政所寫的大河小說，在抗日立場上與官方的中華民族主義可能並未有重大的牴觸。不過，在中國歷史記憶取代台灣歷史記憶之際，他的大河小說所形塑的台灣人形象、意志與理想，似乎代表著一種文化主體的抗拒。更確切地說，鍾肇政建構起來的歷史大敘述，在一定的意義上可以與官方的中國大敘述相互頡頏。這種書寫策略或可表達知識分子的立場，卻難以探勘內心世界的魍魎魑魅。反帝、反殖民的鮮明旗幟，也許可以視為大河小說的標誌，卻無法為受害的心靈招魂並安魂。從這個角度來理解鍾肇政的現代小說，可能比較貼近他在創作時的心情。

《中元的構圖》正是以太平洋戰爭造成的歷史巨創為主調，窺探戰後台灣人精神無法復原的實相。葉石濤在前引的批評中，就以「戰爭後遺症」來概括這一系列的作品，是極為精確的洞見。以這部作品的主題小說〈中元的構圖〉為例，鍾肇政藉由普渡節慶的習俗，探討戰爭與愛情的隱喻。戰爭使台灣人喪失了生命，而倖存者則失去了青春歲月，也一併失去了愛情與家庭。在戰場的叢林中，小說中的主角阿木與死亡錯肩而過。他親眼看見戰火下腐爛的屍體與殘酷的人性，他甚至以人肉裹腹而得以存活下來。這位從人間煉獄中歸來的士兵，回到故鄉時，迎接他的竟是殘破的家庭。他的妻子追求自己的愛情，遠離而去，留給他的是另一個人間煉獄。

中元普渡的儀式，究竟是祭鬼還是祭人，正是這篇小說回應歷史的一種自我嘲弄。戰爭如果是一種毀滅，歸鄉又豈是一種救贖。〈中元的構圖〉捨棄了傳統的線性敘述，選擇幾個跳躍的場景，襯托出戰後台灣人生命的斷裂與失落。時空的倒錯，在於暗喻記憶的失序與混亂，從而彰顯台灣人精神世界的支離破碎。在那樣毫無組織的記憶中，曲折地描繪了台灣在戰爭與和平兩個歷史階段的雙重失落。

小說中的男性在叢林中進行敵我搏鬥時，故鄉的女性也正陷入情欲的搏鬥之中。台灣人被驅趕到遠方參與一場沒有理想、沒有目標的戰爭時，留在後方的家庭與愛情卻次第受到侵蝕。這篇小說是以「構圖」作為命名，非常清楚揭示鍾肇政的企圖。他嘗試現代小說的手法，以人間與地獄、愛情與幻滅、救贖與墮落、道德與情欲等等對照來窺探被壓抑的政治無意識。阿木在戰場拾獲的日本刀，原是為了防衛自己唯恐被軍隊的同袍擄掠生吃，卻在戰後用來斬殺他的妻子與情夫。人鬼不分的世界，到底是出現在戰場還是情場？這種弔詭的問題，顯示台灣人在歷史創害中遺留的危疑精神狀態。不過，鍾肇政的文字技巧，似乎難以表現現代小說的精神與精確。在表現層次上，他仍然被寫實主義的反映論所羈絆。冗長的文字與過多的敘述，反而使「構圖」的影像落於過剩的言詮，也使象徵與隱喻失去了力道。

〈在那林立裡〉是鍾肇政文學裡少見的以都市為背景的小說，描繪在咖啡廳裡邂逅的一對男女，都同樣背負戰爭的陰影。女主角在戰火下失去母親，她自己在當年是被搶救而倖存的女孩。男主角則是被迫去當志願兵的青年，在軍艦遭到擊沉後意外獲救。沒有受到死神眷顧的男女，在林立的大樓，林立的人群中，其實是保存戰爭記憶的少數者。在都市繁華的底層，其實潛藏著多少的歷史無意識。這篇小說既在反諷帝國榮光的假象，也在揭露都市盛容的虛幻。然而，這篇小說的現代主義實驗也還是未臻成熟。因為，這對男女的交會，並未引出更深刻的歷史想像，而只是兩人相互訴說戰爭時期生死邊緣的可怖記憶。偶然相逢，又偶然分開，在兩人之間沒有發生任何故事。對於長期壓抑在內心的傷痛，小說似乎沒有進行夢的解釋。

〈大機里潭畔〉也是另一篇「戰爭後遺症」的小說，鍾肇政有意要在親情倫理中創造事件。生病的弟弟受到充滿母性的姊姊照顧。而這位弟弟，卻曾眷愛過自己的妹妹；那種眷愛，是一種模糊的、難以定義的情感。他許諾要使妹妹過幸福的生活，因此在戰場中最好的戰友就成為他眼中最恰當的妹婿。然而，從戰火中歸來時，發現父母與妹妹竟已意外身亡，他的許諾全然落空。精神與意志同時崩潰，病魔遂侵襲了他。

這篇小說同樣也是透過記憶來建構故事，其中有許多內心的獨白。在姊姊與弟弟之間，在哥哥與妹妹之間，彷彿有近乎男女情愛的影射，但是小說卻又有意避開這種倫理上的禁忌。現代主義原是在探索人的真實，暗藏在內心的欲望與想像，往往具有悖德的傾向。悖德議題的開發，乃在於對世俗權力與傳統規範進行挑戰，這正是現代主義最具爭議、也最引人入勝之處。現代主義者在處理道德倫理時，就是為了探測人性的脆弱與黑暗。鍾肇政面對這樣的議題時，表現得非常自我壓抑，以致使故事在恰當的地方能夠開放與突破之際，反而變得保守與退縮。現代主義中的疾病與死亡，有時也可以寫得相當積極昇華。但是，在鍾肇政的現代主義實驗裡，卻充滿了敗壞、悲傷、沉淪。

太平洋戰爭終結了殖民地歷史的經驗，為台灣人留下了深沉的死亡陰影。精神分裂症的現象，使戰後台灣人在歷史與現實之間失去依憑。鍾肇政的小說，有許多地方已經觸及到這種人格分裂症的危機，卻又輕易放過，未及深刻去渲染。他在形容小說中的男主角時，使用如此的筆法：「他發現到他的意識在這一瞬間一分為二。其一是他的靈魂，另一是他的肉體。一個仍留在那個寬寬敞敞的房間裡躺在那隻鐵床上，另一個則是來自這伸手可觸到河水的地方，不過何者為靈魂何者為肉體，這卻不是他所能明白的。」[11]鎖在鐵床上的靈魂，其實是台灣歷史的隱喻。投入大自然的肉體，則是追求自由解放的欲望。只是，在這雙重人格的矛盾處，鍾肇政未能進一步開展故事，反而筆法戛然而止，整個小說又轉向了。

11　鍾肇政，〈大機里潭畔〉，《鍾肇政全集》冊一三，頁四七〇。

這些小說嘗試在過去與現在之間架構起對話，或者說，藉用佛洛依德的解釋，在夢與現實之間做對應式的鑑照。亦即在懷舊（nostalgia）與除魅（disenchantment）之間尋找生命的意義。不過，鍾肇政對於夢的詮釋似乎還過於停留在表象，以致未能在小說中建立更為深奧的內心世界。如果夢是一種迷宮，則人是如何失落，又是如何掙脫。尤其戰爭的歷史是台灣人的噩夢，小說其實是可以透過各種防衛性的夢的轉化而獲致願望的表達。鍾肇政小說中的夢，並沒有描寫出深淺不同的層次。夢是平面的，死亡是平面的，所以精神世界也是平面的。他的現代主義實驗，最後又回歸到現實主義的敘述。

性是批判，也是反叛

鍾肇政的現代小說，朝向兩種思考去發展。一是歷史記憶的重建，一是情欲世界的探險。所謂探險（adventure），可以從兩方面來觀察。就當時的政治環境來看，高度的戒嚴文化要求作家服膺民族主義的要求。文學的關懷，在於感時憂國，在於呼應國策。任何觸及身體與情欲的描寫，無異是對國體與情操構成褻瀆。因此，涉及性的主題，是作家極為冒險的試探。就傳統的社會道德來看，文學的目標在於維護善良風俗，也在於提升人性倫理。冒險去書寫情欲，等於冒犯整個社會的尊嚴。

不過，一九六〇年代的小說家早已不耐於受到沉悶空氣的箝制，紛紛在反共議題之外另尋新的思維模式。鍾肇政絕對不是唯一做這方面嘗試的作家，他的現代主義實驗其實也是當時集體無意識的一種反射。《中元的構圖》裡，有幾篇小說有意挑戰性的禁區，其中有些已到達亂倫的邊緣。對鍾肇政而言，性的描寫也是另一種層次的夢；而這樣的夢，正好站在政治現實的對立面。比起他的抗日小說，鍾肇政在性的議題上應該可以更具批判與反叛的性格。

〈道路，哲人，夏之夜〉是很奇異的命名，卻非常貼近現代式的表現，小說的開頭，立即展開怪誕的獨白：

> 道路能思想，道路是哲人——不曉得是那兒來的這麼一個奇妙的思維在我腦子裡發了芽生了根。我在看著道路，這是一條鋪了柏油的大馬路，它在我的腳下飛馳而過，我是一個能吃道路的怪魔嗎？道路能思想，道路是哲人，而當我這樣地坐上汽車的時候，我鋪上柏油的大馬路便開始思想了，因為它是哲人。一個哲人是會思想的，但是他也必然需要吃飯需要女人的。那女人需要什麼呢？她也需要男人嗎？[12]

12 鍾肇政，〈道路，哲人，夏之夜〉，《鍾肇政全集》冊一三，頁五六一。

整段囈語，完全沒有任何邏輯。語法極為失序，意象也極為混亂。這種斷裂的句型，意在呈現人的恍惚狀態。在鍾肇政的小說中，類此文字的表現方式實不多見。這篇小說描寫一樁悲劇的家庭事件。整個故事很簡單，亦即弟弟的情人，變成了哥哥的妻子。但是，小說卻是由三位主角的內心獨白所構成。全文分成三段，拼湊成完整的故事。弟弟北上求學時，情人竟因家庭壓力而與大哥結婚，變成他的嫂嫂。哥哥在事後才知弟弟與妻子之間的過去戀情。三個人的內心，都積壓著無可言喻的愛恨。

小說中的弟弟，常常藉故返鄉，是為了探望從前的情人。嫂嫂則希望能與過去的戀人重修舊好，卻又沒有勇氣採取行動。哥哥懷疑他們兩人之間已經發生不軌。這是人性考驗的心理對決，簡直是在試探倫理的防線。然而，整篇小說卻非常強烈表現三人的自我壓抑。在三段自白中，以弟弟的矛盾焦慮最為深刻，因此語言表達也最接近錯亂的思考。如果以現代主義的審美來檢驗，第一段弟弟所扮演的角色較為成功。不過，第二段與第三段嫂嫂與哥哥的聲音演出時，就完全偏離現代主義的手法，又再度回到寫實主義的平鋪直敘。小說中的人物，沒有人站在魔鬼的一邊。他們很清楚選擇各自的位置。寧可讓痛苦在內心自我折磨，而都忠誠遵守倫理道德的規範。正因為每個人都是痛苦的，所以都很善良，都符合社會的期待要求。然而，也正是沒有任何逾越禁地，這篇小說就全然未表達出人性的脆弱與衝突。

如果進一步分析的話，這三人的角色毋寧就是鍾肇政人格的投射。小說中充滿了色欲的想像，卻並沒有墮落的事實。每個人都在挑戰道德，最後卻又變成最具道德的人格。從這個角度來看，小說語言可能有現代主義的傾向，但整個故事竟是最符合傳統倫理的要求。換言之，小說其實反映了作者高度的自我壓抑。邪惡與敗德並不存在於鍾肇政的思考之中，他塑造的每位人物終於都是純潔善良的。

在他所寫的性小說中，〈溢洪道〉是唯一例外。故事中的女主角拒絕與丈夫歡愛，是因為他在外面耽溺別的女人。然而，她也有性的欲求與飢渴，而終於與一位男人發生肉體關係。不僅如此，她還離家出走，去那位男人家中擔任下女，祕密維持性的關係。她的性追求，其實是為了報復丈夫的絕情。這位女主角最後還是回到家庭，因為她的情夫只帶來無止盡的落空的期待。

〈溢洪道〉是具相當突破性的故事，小說有意凸顯女性意識的覺醒。然而，這篇小說的格局仍然還只是易卜生娜拉式的重演。因為，離家出走後的女性，又是遇到另一位男性沙文主義者。小說的結局是，她的丈夫也覺悟到要維護完整的家庭，縱然兩人並未恢復昔日的恩愛。這篇小說最後再度證明道德的獲勝，也再度證明鍾肇政的性壓抑模式是成功的。人性的騷動，欲望的煽惑，確實在故事發展中不斷流竄，但都得到適時的遏止。

為什麼鍾肇政總是樂於挑戰道德，最後竟怯於突破？〈闇夜，迷失在宇宙中〉也是重複同樣的格局。一位患病的男人因手術開刀而產生性無能，從而對自己的壽命感到絕望。他遷怒妻子，遷怒朋友，卻無法逃避身體的病菌。這篇小說也出現了鍾肇政文學中罕見的語句：

妳這婊子、娼婦。看妳那低垂無力的醜陋的乳房吧。那是不可思議的醜陋，醜陋得有如非洲的大唇黑婦。怨吧，恨吧，呃，不，我是愛妳的、疼妳的，吾愛，可是我不能夠了，我要……走，走，走到……死的深谷，滅亡的深淵，腐敗，蛆蟲，棺材，黃土，我要砍掉我的雙臂，我要切開我的肚子，挖出心臟，刺破眼球，殺人放火，強姦，用氫彈炸掉地球及宇宙，我要走走走走到……[13]

這是男人最大的敗北感，當他失去性能力時，人的意義也就消失了。抱持強烈的敗北主義，使這位男性必須發出詛咒的聲音。不過，小說只是圍繞性無能反覆描寫，並沒有寫出夫妻之間的衝突與對峙。反而是妻子不斷忍讓，丈夫藉題發揮咆哮不已。企圖從性的描寫達到批判與反叛，在他的現代小說中都全然徒勞無功。

怯於突破，當然是非常人性的描寫。事實上，鍾肇政在撰寫《濁流三部曲》時，小說中的知識分子陸志龍，就是一位自卑的、遁逃式的人物。這部小說準確掌握了台灣人在日據時期對於文化認同、國族認同的猶豫、困惑與掙扎。那種認同上的幻滅與再生，正是戰前戰後台灣人精神上的凌遲與頓挫。在他的歷史記憶建構中，從未塑造堅毅不拔的英雄人物。他往往在時代縫隙中，為小說人物找到生存的空間。歷史人物的脆弱意志與游移情感，頗能表現日據時期許多台灣人的形象。這種反英雄式的描寫，應該是更為貼近歷史的真實。

歷史的真實，不必然與人性的真實可以等同起來。鍾肇政嘗試創造現代小說，其實並沒有真正抵達台灣人內心的欲望。尤其在處理性幻想的故事時，鍾肇政總是不斷退卻，保守的思考變得特別強悍。這種書寫方式，鍾肇政可能不是唯一。現代小說家的行列裡，黃春明、王禎和、陳映真等等本地作家不都是有相同的演出嗎？

壓抑與壓制是歷史的真實

性與死亡，構成鍾肇政小說的重要主題。在文字運用上，鍾肇政誠然是大膽的。他敢於破壞語法，也勇於鑄造詭異的句型。不過，文字語言的突破，並不等於是現代主義的技巧。這只能解釋他對現代美學有高度的嚮往憧憬，卻不一定有真正的信心去實踐。因為，現代主義確實是在挑戰人性的極限，也在挑戰道德的局限。內心世界的真實，絕對不是社會規範所能掌控的。深入那樣的世界，才能發現人的野心與脆弱。真實的人性若是表達不出來，現代

13 鍾肇政，〈闇夜，迷失在宇宙中〉，《鍾肇政全集》冊一三，頁五八一。

主義的實驗似乎就難以成功。

具體而言，鍾肇政的現代小說並不是很成功。然而，這樣的不成功絕對不是他個人的問題，而應該是整個時代大環境的限制。一方面承擔巨大的歷史包袱，一方面承受過重的政治壓力，使他小說中的人物必須時時回到道德層面接受檢驗。去勢的男人（castrated men）在小說中不斷浮現，恰恰反映了政治權力的干涉與傳統文化的要求使鍾肇政在當時很難抗拒。他嘗試現代主義技巧時，誠然是一種突破的試探。在他內心深處，有意對道德格局進行反叛。只是政治無意識的挖掘，總是宣告半途而廢，最後他還是接受了道德的召喚。這並不意味鍾肇政向權力靠攏，恰恰相反，他的歷史小說代表著一定程度的抗拒。雄辯的大河小說，才是鍾肇政終極理想的寄託。

對於他現代小說的評價，不宜過分誇張。意識流小說雖然不太成功，並無損於他的文學成就。現代主義的實驗，在他文學長河中只能視為一次小小的出疹。跨過一九六〇年代，他就完全免疫了。寫實主義小說，才是鍾肇政文學的主流。

「鍾肇政文學國際學術會議」宣讀論文，桃園縣政府文化局主辦，二〇〇三年十一月二十二—二十三日；後收入陳萬益主編，《大河之歌：鍾肇政文學國際學術會議論文集》（桃園：桃園縣政府文化局，二〇〇四），頁一一一—二〇。

朱西甯的現代主義轉折

朱西甯是一位難以歸檔並難以詮釋的作家。所謂不易歸檔，指的是他文學生涯與思維模式的曲折矛盾。他的產量豐富，創作壽命又特別長，任何簡單的定義都難以概括他的文學真貌。輕易把他劃歸為懷鄉作家或現代主義作家，都會發生偏頗。他既堅持中國民族主義的立場，卻又與「漢奸文人」胡蘭成過從甚密，他既虔誠信奉基督教，同時又強調中國文化的本位。各種價值觀念錯綜交織在一起，構成了他繁複而難解的文學想像，也造就了他迷人而又惱人的奇異文體。

在他的藝術追求過程，一個重要的議題便是對現代主義的回應與接受。張大春在兩篇紀念的文字中，提到朱西甯的「新小說」時期。在第一篇文章〈朱先生的性情・風範與終極目標〉，張大春指出，「一九六七年前後，從〈哭的過程〉朱先生開始了他的『新小說時期』。」[1]不過，在第二篇文章〈被忘卻的記憶者〉，張大春說：「我曾在一篇論文〈那個現在幾點鐘〉裡指出：從民國五十七年（一九六八）起，朱西甯先生的寫作進入了一個不同往昔的階段，借用現成的術語來形容，可謂朱先生的『新小說時期』。」[2]這兩種說法都是可以成立的，因為朱西甯對於語言的運用特別敏感，幾乎常常處在求變的狀態之中。倘然「新小說時期」可以用來概括朱西甯在一九六〇年代後半期的創作風格，則在此之前他的風格又是如何？

在龐沛的一九六〇年代現代主義運動裡，朱西甯與同時代的現代主義者似乎並不走在同樣的道路上。白先勇、陳映真、歐陽子由於是接受學院外文系的訓練，可以比同時期的知識青年更容易觸碰現代主義的思潮。坊間的歷史解釋認為外文系所傳播的現代主義顯然與當時的美援文化有著密不可分的關係。不過，在到達「新小說時期」之前的朱西甯，已經在語言與技巧方面帶有濃厚的現代主義色彩。他並未有台灣的學院訓練，更未有外文系的經驗，竟然能夠與現代主義運動銜接在一起，確實是台灣文學史上的一個異數。

精確一點來說，朱西甯的現代主義轉折，絕對不能套用美援文化論的歷史解釋。畢竟現代主義運動的展開，是透過各種不同的管道滲入一九五〇至六〇年代的台灣文壇。在美援文化還未臻於成熟境界之前，紀弦的「現代派」就已經在介紹法國的象徵主義。同樣的，林亨泰的早期詩論也是以法國象徵主義為理論基礎。這些事實，足以說明台灣現代主義的傳播並不必然與「美帝國主義」緊密聯繫起來。朱西甯的現代主義，不能以如此簡單的歷史想像來

1　張大春，〈朱先生的性情•風範與終極目標〉，《聯合報•聯合副刊》，一九九八年三月二十三日，第四一版。根據張推測，朱西甯可能是因為他妻子劉慕沙翻譯日本現代作品，而間接受到法國新小說的洗禮。

2　張大春，〈被忘卻的記憶者：朱西甯的小說語言與知識企圖〉，《中國時報•開卷周報》，一九九八年三月二十六日，第四三版。文中特別強調，所謂新小說時期有兩種意義：一是形容朱先生作品反情節、去故事、創語言的技巧，有類於法國新小說的技術特質，一是指朱先生自覺求變之異於舊作。

推論。較為正確的說法是，朱西甯小說是以他獨創的實驗技巧，匯入了台灣現代主義的潮流之中。因為有他的介入，現代主義運動的格局更形壯闊。從這個角度來檢討朱西甯文學，他的歷史意義才能彰顯出來。

現代性與現代主義的思維

謝材俊在一篇懷念的文字中提到，朱西甯的現代主義應該不是從張大春所說的「新小說時期」才開始的，而可以再稍稍往前追溯[3]。也就是說朱西甯的現代主義美學應該是發軔於一九六〇年代中葉的「鐵漿時期」。所謂鐵漿時期，指的是他出版的三冊短篇小說集《鐵漿》、《狼》與《破曉時分》[4]。這些小說都是傳統敘事性很強的作品，如何能與現代主義拉上關係？何況，坊間論者往往把這段時期的朱西甯文學定位為「懷鄉小說」[5]。

對於如此一位複雜的小說家，要討論有關他的現代主義問題自然也特別複雜。在前述的謝材俊文字中，有過這樣的見解：「老師（朱西甯）一輩子傾慕張愛玲、談張愛玲，但劉大任講得對，老師的小說尤其是『鐵漿時期』，卻是魯迅的。」這種說法頗具見地。如果要探索朱西甯的現代主義根源，就不能不從魯迅與張愛玲文學中的現代性去聯想。魯迅從現代化的觀點，看到中國社會的幽暗面，因此有「國民性改造」之說。張愛玲則是從現代主義的觀點，挖掘中國人的人性黑暗，從而創造了《傳奇》的一系列短篇小說。

朱西甯對於自己的文學淵源，已經過公開的承認：「……魯迅在小說的象徵手法方面也給予我莫大的影響，其他在形象的掌握，人物的塑造和詞藻運用方面給予我重大的影響的也許是張愛玲。」[6]他甚至在一篇自述與張愛玲的文學關係時也說，「張愛玲給了我小說的啟蒙。」[7]早期的自我文學教育，誠然對朱西甯後來的審美道路有了明確指引。從這個觀點來看，他從魯迅與張愛玲的小說吸收到現代主義思維，並不令人訝異。

確切地說，朱西甯所走的道路，似乎是企圖在魯迅與張愛玲之間取得一個平衡點。一九

3 謝材俊，〈返鄉之路〉，《聯合文學》一九卷五期（二〇〇三年三月），頁一六。

4 朱西甯這三部小說的初版日期，分別為《鐵漿》（台北：文星書店，一九六三）；《狼》（高雄：大葉書店，一九六三）；《破曉時分》（台北：皇冠，一九六七）。

5 持這種見解者，可以參閱楊政源，〈家，太遠了——朱西甯懷鄉小說研究〉（台南：國立成功大學中國文學研究所碩士論文，一九九七年六月）。

6 蘇玄玄（曹又方），〈朱西甯——一個精誠的文學開墾者〉，《幼獅文藝》三一卷三期（一九六九年九月）；後收入張默、管管主編，《從真摯出發：現代作家訪問記》（台中：普天，一九七五），頁七二。

7 朱西甯，〈一朝風月二十八年——記啟蒙我和提升我的張愛玲先生〉，《朱西甯隨筆》（台北：水芙蓉，一九七五），頁八。

七七年鄉土文學論戰發生時，有太多論者把現代主義與鄉土文學視為對立相悖的兩種美學。對於如此的爭議，朱西甯有他自己看法：「所謂現代主義文藝與鄉土文學文藝，一是太過貪圖外求，一又失之於緊縮創作世界，而過份保守。或許可以喻為一是太平天國，一是義和團，俱有缺憾。」[8]張愛玲式的思維若是過於極端化，似乎就是像太平天國那樣，企圖藉用西方文化來改造中國社會。而魯迅式的思維如果受到無限膨脹，就有可能像義和團那樣，淪於盲目的排外而閉關自守。他的比喻也許值得商榷，卻也相當生動。

因此，朱西甯在「鐵漿時期」創作的短篇小說，與其說是在於懷舊，倒不如說是以批判的態度來看待舊社會。他批判精神的基礎，顯然是魯迅的現代性思考。受過日本現代化教育的魯迅，早已指出中國民族性的停滯、倒退與封閉。阿Q人格的愚昧無知與盲目自大，造成中國文化在近代文明競賽中的挫敗。魯迅期待中國民族性能夠進行一次徹底改造。然而，他的小說又是那樣悲觀而憤懣。他看到一個精神分裂式的國度，自卑與自負，榮耀與污辱，抵抗與屈服，解放與桎梏等等雙重價值的矛盾與衝突。當他描繪一個盲昧的人物，其實就是在影射整個民族。當他在抨擊迷信的風俗，毋寧就是在批判整個傳統。這種對古老社會的挖掘，完全不是出自懷舊，而是希望喚醒封建陰影下的百姓。

同樣的，朱西甯從魯迅那裡學習到如何去透視舊社會的墮落與腐敗。對於舊社會的批判，朱西甯也許沒有魯迅那樣冷酷而絕情，但是，「鐵漿時期」的小說誠然掩飾不了他內心的悲憤與沉痛。他的剖析能力，並不稍遜於魯迅筆法。具體言之，這種對中國封建文化的深挖，牽涉到現代主義的技藝。因為，魯迅要批判的對象並不止於已然逝去的社會，也還觸及同時代統治階級中封建文化的餘孽。魯迅小說之所以充滿象徵性格，既在影射傳統社會，也在影射權力當局。也就是說，魯迅的現代主義書寫，其實就是在探索壓抑在內心底層的歷史無意識（historical unconsciousness）與政治無意識（political unconsciousness）。當他揭露舊社會的落後與醜惡時，其實就是暴露他所處社會的政治黑暗面。

如果朱西甯受到魯迅象徵手法的影響，則他的「懷鄉小說」就不能只是從文化鄉愁的層面來理解，而應該進一步他在「懷鄉小說」中所展示的批判力道。在接受蘇玄玄的訪問時，朱西甯做了如此的回答：「在基本的態度上，鄉土小說也可以說是對舊時代的一種批評和破壞，所以處理的態度上並不是出諸懷古、鄉愁的情緒。」[9]顯然，在批判舊社會封建文化之餘，朱西甯當也有他的言外之意吧。他小說中所暗藏的微言大義，無非也就是被壓抑的「歷

8 朱西甯，〈中國的禮樂香火——論中國政治文學〉，《日月長新花長生》（台北：皇冠，一九七八），頁一四六。此文後來改題為〈我們的政治文學在那裏？〉，收入故鄉出版社編輯部編，《民族文學的再出發》（台北：故鄉，一九七九），頁二八五—三一六。

9 蘇玄玄，〈朱西甯——一個精誠的文學開墾者〉，頁七七。

史無意識」與「政治無意識」所透露出來的聲音。長期以來，朱西甯對於加諸於他身上的各種標籤，如「軍中作家」、「反共作家」、「懷鄉作家」等等，頗表不滿。因為，這些稱呼簡化了他小說創作的用心所在。如果說他是軍中作家，他的小說並不能單純概括坊間所謂的「戰鬥文藝」。如果說他是反共作家，他的美學思維也並不全然配合當時的官方文藝政策。如果說他是懷鄉作家，他的創作技巧卻又帶有強烈的現代主義傾向。定義他是如此複雜而困難，原因就在於他所處的一九五〇、六〇年代也是同樣複雜而困難。

朱西甯在一九九一年對於自己的艱難處境，曾有極為沉痛的自白，指出當初來台的前面三十年，亦即從一九四九至一九七九年，創作自由的空間極為狹隘，「半是被管制，半是良知克制」[10]。在這篇文字裡，他承認曾經受到嫉妒、壞心的「愛國者」之誣告，以致構成作家的綑鎖與殘害。軍中作家與反共作家的帽子，彷彿是在暗示他們的立場與官方文藝政策是一致的。然而，在自由度甚低的軍中，作家所承受的政策管制與良知克制，絕不亞於戒嚴時期的民間作家。在雙重的制約下，有多少欲望、記憶、情感、想像都被壓抑到內心世界的底層。因此，就像魯迅小說的企圖那樣，既在透視歷史的黑暗面，也在揭露政治的黑暗面。朱西甯的思考方式，也具有魯迅式的雙重視角。他所說的「良知克制」，無非就是指自我克制。表面上，他不能露骨而直接挑戰官方政策；骨子裡卻有千言萬語不停騷動。現代主義的接受與追求，恰如其分地為他提供了一條思考的出路。

現代性的到來，是伴隨西方帝國主義的侵略而發生的。所謂現代化或現代文明，並不是從中國社會內部孕育出來。因此，它所帶來的科學技術與進步觀念，立即與東方的迷信風俗與閉關自守的傳統價值產生激烈的衝突。從小就在基督教家庭成長的朱西甯，可能較諸同世代的讀書人還更具理解「現代」之為何物。

對於第三世界的知識分子而言，現代性一方面帶來了解放，一方面也帶來了枷鎖。就解放的意義而言，現代化使他們認識了封建社會的愚昧與迷惘，從而亟思如何掙脫腐朽的文化牢籠。然而，弔詭的是，現代化也使他們輕易崇拜科技文明，並且更輕易喪失自我認同與文化主體，終而淪落成為西方文化的禁臠。攜著流亡心情來到台灣的朱西甯，非常可以理解自己的命運與中國近代史的挫折有著密切的聯繫。在現代化的進程上，由於文化的凝滯不前，終而造成了國破人亡的命運。這種濃厚的歷史意識，逐漸形成他文學思考中的焦慮。因此，在他早期的小說中，大量描繪中國農村社會的困頓與掙扎。就像司馬中原所說的：「他筆下的人物，代表著民族傳統的兩面：一是躍動向前的，一面是停滯僵化的；這兩者觀念的衝突，成為民族悲劇的主要導線。」[11] 顯然，朱西甯確實看到了中國社會在現代與傳統之間的

10 朱西甯，〈被告辯白〉，《中央日報·中央副刊》，一九九一年四月十二日，第一六版。

11 司馬中原，〈試論朱西甯〉，收入朱西甯著，《狼》（台北：三三書坊，一九八九），頁二五九。

拉扯關係。他樂於見證信仰裡的中國是持續往前邁進的，但他更樂於目睹中國在前進的道路上不致喪失文化自信。但是這種理想的圖像從來就沒有浮現過，否則，他不至於嘗盡流亡漂泊的滋味。從現代的觀點，他開始挖掘被壓抑的歷史記憶，以及被壓抑的政治欲望。這雙重的挖掘，都未嘗偏離現代主義的技巧。

「鐵漿時期」作品的再閱讀

如果以現代主義風格來概括鐵漿時期的作品特質是可以接受的，則他在這段時期所使用的語言、技巧、題材都是相當引人矚目。自鄉土文學論戰以來，現代主義通常都被拿來對照寫實主義，彷彿這兩種美學是敵對的，無可融合的。這種對立的製造並不符合台灣文學發展史的實相。至少朱西甯的小說，就足以拆解這種對立的虛構性。他的技巧是現代主義，但是他的題材卻相當寫實。尤其他大量使用中國北方的口語，使小說充滿了一種難以形容的迷人韻味。

對台灣在地讀者而言，閱讀他的作品是一種困難，也是一種自我挑戰。然而，除去對話之中所使用的鄉間俚語，朱西甯的散文是一種絕美的白話文。在〈小翠與大黑牛〉（一九六〇）的故事裡，他運用如此活潑的文字來形容貪睡的年輕新郎：「成親沒滿月的新郎怎麼能叫他不懶？又是這樣迷人的時令，杏花剛落敗，桃花嬌死了人，春風吹軟年輕人的身子，吹紅了年輕人的臉。樹要這樣綠，草要這樣青，年輕人忍不住要做點什麼。」[12]這種俏皮的描述，寫活了體內的欲望。又是花，又是樹，又是草，都是充滿生機的象徵，卻沒有一個字準確觸及到淫欲邪念。朱西甯的東拉西扯，非常寫實，卻又非常現代主義。

朱西甯的這篇小說很少受到討論，但是將之置放於一九六〇年代的短篇小說藝術造詣中，絕對是傑出的。整個故事集中敘述新婚的表弟，仍然對來家裡幫忙婚事的表姊有著愛欲交織的幻想，心思全不在新娘身上。朱西甯反覆採取「歡愉的遲延」（delay of pleasure）的手法，使表弟與表姊之間的情愫似有若無地懸宕著。但是，表姊執意要讓新郎與新娘成其好事，而堅拒表弟的求歡。故事的結局是，在暴雨的夜晚，表弟陰錯陽差地與新娘終於成就了歡愛。兩人在激情中不禁喊出愛人的名字，新郎低呼著「小翠」，新娘則暗喚「大黑牛」。然而，故事如此寫著：「小翠是那位表姊的小名兒，新郎可並不叫做大黑牛。」[13]原來新娘內心深處，也有她自己的夢中情人。小說的命名〈小翠與大黑牛〉，是一種惡意的誤導；故事的愛情，則是一種錯誤的安排。整篇故事讀來，既是喜劇，也是悲劇。遠在王禎和營造「悲

12〈小翠與大黑牛〉，《狼》，頁三一。

13 同前註，頁四二。

憫的笑紋」的藝術時，朱西甯就已經開闢了這樣的想像與可能。不過，敘述的節奏，想像的跳躍，朱西甯來得明快多了。

同樣是寫實題材的小說〈生活線下〉（一九五八），也是以惡作劇的形式演出。三輪車伕丁長發，在途中拾到一筆不大不小的鈔票一千一百五十塊錢。究竟是要暗自私吞，還是物歸原主，故事遂在天人交戰中展開。他的本性純樸善良，內心卻也充滿七情六欲。朱西甯以自問自答的獨白體，洩漏丁長發潛意識裡的高貴與醜惡。良知拉住了三輪車伕，但是金錢與女色則又在誘惑他。對於這種小人物，朱西甯以著出人意表的結局來處理。丁長發的良知終於戰勝了私欲，但醜惡的現實卻徹底扭曲了他的人格。當報紙刊出他拾金不昧的消息時，朋友卻借用他的身分證，在同版新聞下欄刊登大幅「醫我陽痿」的鳴謝廣告。社會的險惡，較諸個人內心的邪惡還要巨大。

朱西甯小說中的人物，大多是以「反英雄」的角色出現。這些尋常百姓絕對製造不出轟轟烈烈的事件，但有時會使些小奸小壞，猶如張愛玲筆下的男女。但是，朱西甯寫不出張愛玲那種冷酷絕情，只是手勢同樣是蒼涼的。張愛玲擅長帶引讀者「一級一級走入沒有光的所在」，朱西甯總會有意無意之間在小說的不知什麼地方投射一絲人性的曙光。他酷嗜學習張愛玲去挖掘人性的黑暗。然而，作為基督徒，他多少還是存有救贖的希望。張愛玲的小說，到處可以發現沉淪、墮落。人性的廢墟，人格的荒地，是她文學信仰的歸宿。朱西甯在這點上絕對是學不來的，縱然他對張愛玲的崇敬已到無以復加的地步[14]。無論如何，他終究還是相信人性保有昇華的空間。同樣都是屬於現代主義者，張愛玲的世界裡確實是看不到任何微光。這是因為她從來不想與社會主流價值結合在一起。這條主流放在中國近代史來考察，全然就是父權文化與民族主義的同義詞。張愛玲寧可與這樣的主流保持疏離的關係，她甚至是甘於自我邊緣化。

相形之下，朱西甯後來就不曾偏離歷史的主流，而努力向中國近代史的軸線靠攏。這種靠攏，並不是對權力的憧憬，而是他仍然抱持改造社會的理想。歷史洪流把他沖刷到這個島上時，漂泊的命運使他產生救贖的焦慮。身處歷史轉型時期，他並不袖手旁觀，而是投身介入。他的小說書寫，便是投入的最佳姿態；而他的技巧策略，便是重新挖掘歷史記憶。因此，在他早期小說中，充滿了沉重的民族情感，並不令人感到意外。受張愛玲影響的朱西甯，在這個議題上就與張愛玲有了區隔。民族主義與基督教義，使他相信人性中還是存有光明的一面。這樣說，似乎是屬於非常老掉牙的寫實主義美學。不過，這並不影響他對現代主義的追求。

14　朱西甯對張愛玲的「英雄崇拜」，具體地表現在寫給張的書信。參閱朱西甯，〈遲覆已夠無理——致張愛玲先生〉，《日月長新花長生》，頁一一一—一二四。

在他早期的短篇故事中，〈鐵漿〉與〈狼〉已是公認的經典之作。前者關切的是現代化的問題，後者則是探索欲望的問題。〈鐵漿〉是朱西甯作品裡唯一發表在《現代文學》的小說，是他與學院派現代主義運動僅有的一次銜接[15]。但是，這篇小說引起的討論卻極為廣泛。雖然小說描述的是孟、沈兩家爭包鹽槽的恩怨情仇，實際上是在象徵中國農村社會傳統文化力量的頑強。傳統家族的尊嚴與地位，乃是依賴利益、金錢來支撐。面對龐大收入的鹽槽權，孟家為了完全壟斷利益，不惜以性命換取。整個故事以鐵路鋪設為時代背景，以火車的到來隱喻現代化的無可抗拒。新的時代隨著火車轟然穿越小鎮時，以著血氣來維護經濟利益的手法已是非常落伍了。縱然孟家終於從鹽的買賣攫取龐大金錢，但對於現代化趨勢的無可抵擋竟渾然不覺。

小說的張力表現在孟、沈兩家以自殘方式展示爭奪鹽權的意志與勇氣。兩個家族的刀光血影似乎贏得了尊敬與面子，反而暴露傳統保守精神的愚勇與愚傲。故事最為驚心動魄的場面，莫過於孟家喝下燒紅的鐵漿，終獲鹽槽。就在喝下的剎那，人們似乎聽到最後一聲尖叫。「可那是火車的汽笛在長鳴，響亮的，長長的一聲。」[16]這種熟練的手法，頗得畫龍點睛之妙。響亮的那聲音，既喻現代的到來，又喻傳統的倒下。歷史的起承轉合，時代的抑揚頓挫，以一聲長笛就交代得乾脆利落。

朱西甯當然還有更為深長的意義企圖表達出來。任何想要壟斷權力的人，在時代考驗下是不可能取得合法性的。閉門自稱老大的時代畢竟一去不復返，即使掙得了面子與位子，都將在歷史巨輪下輾壓得支離破碎。火車在小說中不只是現代化力量的象徵，也是外國勢力入侵的象徵。朱西甯小說技藝的迷人處，就在於他能夠從鄉土生活中找到現代性的詮釋。生動的語言，緊湊的節奏，使人物的演出特別靈活。在這篇小說中，朱西甯並不流露對舊社會的眷戀，然而也並不對傳統文化表現出絲毫鄙夷。他只在傳達一個信息，中國社會已經是到需要變革的時候。這種精神的呈現，絕對是魯迅式的，但比起魯迅還要來得強悍有力。

短篇小說〈狼〉的出現，更能印證朱西甯想像力的豐富。這是一篇有關人性與獸性相互頡頏的故事，也是對於封建文化中落後的嫡系血統論的有力批判。藉由一位喪失雙親的小孩經驗，透視了一個成人世界的欲望及其自私殘忍。寄養在二叔家的「我」，由於是庶出，時時受到嬸嬸的歧視虐待。二嬸希望懷有自己的孩子，遂不惜與家中長工私通。整篇小說以捕狼的過程，隱喻著二嬸的私情如何被發現。這是朱西甯最為擅長的手法，往往以雙軌故事的

15 朱西甯曾經提起〈鐵漿〉遭到《寶島文藝》的退稿，因為該刊編輯懷疑那是「抄襲」之作。他認為，《現代文學》敢於發表之作，是「頗有識力和決斷」。見朱西甯，〈絕無僅有的一點小緣〉，收入現文出版社編輯部編，《現文因緣》（台北：現文出版社，一九九一），頁一一一—一一四。

16〈鐵漿〉，《鐵漿》，頁二四一。

平行發展，相互投射複雜的信息與意義。狼是潛伏在羊圈裡，情欲則是隱藏在女人的體內。「我」這位小孩，目睹受雇的大轂轆如何宰殺被吊起來的狼。但是，在小孩的潛意識卻幻化成另一景象：「……望著大轂轆把母狼吊到麥場邊兒的馬樁上，望著他進去找刀子。我不該那樣想，有一天那上面吊的是二嬸，進去找刀子的是我二叔。」[17]受盡二嬸虐待的「我」，在狼身上也投射了無可言喻的報復情結。

故事突兀的地方是，就在尾聲處二嬸的姦情被大轂轆發覺。護衛著小孩「我」的這位雇工，以守住祕密作為交易籌碼，要求二嬸從此疼愛寄養的孤兒：「只要妳疼惜這孩子，大轂轆不把這事情張揚給第二個人。要是妳存心養漢子，慢說我這個外四路的，就是歐二爺（二叔）也管不周全。妳放心！」[18]這種交易不見得有多高明，但是在恰當的地方讓溫暖的人性釋放出來，正是朱西甯小說的高明處。二嬸終於不能不俯首認錯，擁住孩子失聲大哭。獸性褪盡，人性復現。被宰殺的狼讓大轂轆拖走了，災難也跟著遠離家中。

肉欲與占有欲的氾濫，在小說中隱而未見。然而，從狼入羊群的情節中，可以讓讀者強烈感覺到一股欲望在字裡行間流竄。二嬸的私通，無非是為了懷有自己的孩子。這種養育子嗣的焦慮，乃是宗法社會與父權文化造成的。朱西甯的企圖，絲毫沒有批判父權文化的意味。不過，他已經表達了一個信息，嫡系血統並不必然就是具有合法的基礎。尤其是透過私通方式來取得合法的血統論，更是暴露了傳統文化的荒謬與虛偽。血統無非是用來奪取繼承權的一個依據，因此嫡系觀念的建構過程中，滲透了太多腐敗、黑暗的思想。獸性之所以能滲透人性，猶如狼之潛入羊群之中。合法的價值摻雜太多非法的手段，這是朱西甯現代理性觀念的又一次發揮。

朱西甯的現代主義轉折，夾帶著許多人性的思考。同樣是探索情欲的問題，若是由張愛玲來處理，絕對不可能寫出人性的昇華。在情欲的牽引之下，人只有不斷墜入黑暗的深淵。朱西甯相信人性的救贖，仍然堅持人是可以改造的。不過，他並不像寫實主義者那樣，必須對情欲進行嚴厲的譴責。在故事中，安排二嬸對「我」的接納，就足夠表達懺悔與救贖。

然而，朱西甯撰寫這些小說時，仍然還有另一層挖掘政治無意識的企圖。為了揭去「反共作家」的標籤，他對鐵漿時期的作品有更為露骨的詮釋：

> ……《鐵漿》的直指家天下的不得善終，不識潮流者不惟傷及己身，尤其禍延子孫。《狼》的直指執迷於嫡系己出之愚，乃至內鬥內行，外鬥外行之蠢；試請就你所知或許不詳的孫案拿來對照一下看看。《白墳》不只是直寫孫案，多少只是不很受形式或陋規

17〈狼〉，《狼》，頁二三〇。

18 同前註，頁二五五。

所拘束的忠貞之士，備受逼迫乃至死而後仍不已的悲情。又如《紅燈籠》和權侵奪公權，誤人誤國誤文明。[19]

在反共口號高漲的年代，誠然有太多的想像與情緒受到政治環境的壓抑。文中提到的「孫案」，指的是孫立人冤案。朱西甯對於這種政治冤屈，顯然心中存有不滿。在那樣背景下，去創造〈鐵漿〉與〈狼〉的故事，顯然在於表明當時他內心的挫折與憤懣。在政治領域中所難以言者，藉小說形式抒發胸中塊壘，應是可以理解的。然而，作者必須現身為其作品辯護，也可說明他長期以來承受過多的誤解。從這個角度來看，朱西甯的現代主義手法，誠然暗藏了高度的政治意義。

語言技藝的高度營造

如果朱西甯文學生涯中出現過所謂的「新小說時期」，那應該是指一九六〇年代中期以後，他開始注意到如何挖掘文字深處潛藏的歧異性。早在經營〈狼〉與〈鐵漿〉，他就已經顯露出對文字的高度敏感。他的「新小說」特別迷人之處，乃是他把文字敘述當作一種獨立的藝術來處理。這並不意味他放棄了小說背後的思想與關懷，相反的，正是為了使故事中被壓抑的欲望與想像釋放出來，他更集中於藉用文字鍛鑄的技巧，讓敘述本身散發出無可抗拒的吸引力。

在後設小說技巧尚未蔚為風氣的年代，朱西甯就已經比其他同時期的作家更勇於挑戰不同的書寫策略。在文字運用方面，讀者當會訝異於他的敘述手法。例如〈哭之過程〉的第一段句子：「算是離亂後的和平——似乎也容或是和平後的離亂，這都說很不清楚。」這種語法，顯然是要給讀者有一種時代錯置的感覺。然而，他並不就此罷手，緊接又在下一段反覆申論：「……說不很清楚的離亂與和平的方位，何者在前，何者在後，以及兩者之間的界線何在。那是紋身在我們民族的年代上和版圖上的兩片水彩，然後湮到一起，找著找著，來不及的就渾糊了。」[20]不這樣說，就不足以道盡他的時空倒錯。而那種倒錯的感覺，竟然是以顏色來描摹抽象的時間與歷史，頗為鮮明傳神。朱西甯對於色彩總是抱持著著過於常人的敏感。

利用顏色的變化，刻畫小說人物的身分與心情，在更早的短篇小說〈福成白鐵號〉便嘗試過。小說開頭的敘述，立即使讀者進入狀況：「街燈總嫌亮得早了些，當城市的太陽似落

19　朱西甯，〈豈與夏蟲語冰？〉，《中國時報・人間副刊》，一九九四年一月三日，第三九版。
20　朱西甯，〈哭之過程〉，《冶金者》（台北：三三書坊，一九八六），頁一一。

未落的時候。福成白鐵號那塊亞鐵底子黑漆字的橫招牌，便在這夕陽和街燈的爭執裡，似明又似暗的拿不定是一種甚麼色氣了。」[21]以「爭執」一詞來隱喻夕陽與街燈的頡頏抗衡，襯托整篇小說中傳統與現代之間的緊張關係。在那樣早期的文學發展中，朱西甯就已經意識到使用四種不同人物的敘述方式來構造一個家族沒落的故事。全篇小說分成「老的」、「男的」、「女的」、「少的」四個部分，從老的「父親」，男的「丈夫」，女的「媳婦」，以及少的「次子」的內心獨白，窺探到一個新的時代已然到來。他們對於新社會的挑戰頗覺束手無策，在困頓中更加自我囚禁在黯淡的時光裡。夕陽隱喻著沒落的傳統，街燈影射著輝煌的現代，形成一個時代交替之際家族的尷尬景象。自始至終，全篇小說沒有對話，也沒有人物互動。朱西甯完全依賴他生動的敘述技巧，以及意義繁複的文字，而終於組合成一個時代轉型期的歷史場景。那種書寫方式，對於後設小說成為時尚的今天而言，可能不是稀罕的事。但是，回溯到一九六〇年代初期，各種實驗技巧還停留在嘗試階段之際，朱西甯就展現了如此上乘的演出，誠然令人訝異。

這種多角經營的技巧，開闢了一個想像豐富的時代。與其說朱西甯為台灣文學攜來了訝異，倒不如說他創造了驚喜。他的勇於實驗，改造台灣小說的敘述策略，也為後來的創作者開啟無窮的暗示。那種瞻識，似乎是一九六〇年代小說家中相當罕見的。朱西甯以寫劇本的方式創造了一篇小說，或者反過來說，他以寫小說的方式編寫了一齣劇本。他刻意挑戰小說與戲劇之間的界線，全然依賴對白的形式來呈現故事的發展。他的短篇小說〈橋〉，是再回應當時另一位小說家舒暢的作品〈符咒與手術刀〉而完成的變體故事[22]。完成於一九六九年的〈橋〉，依照朱西甯的說法，乃是「以小說批評小說」。這種書寫策略，對於臻於高潮的現代主義運動而言，可謂具有高度的突破。這篇小說在形式上最值得注意之處，便是使用舞台同步演出的手法，讓故事一分為二。上欄是父親與女兒的對話，下欄是母親與兒子的對話，如此比並排列，成功地讓故事以雙軌同步的節奏去發展。這種雙軌式的書寫，乃在於克服文字所無法解決的時間先後問題。僅就這個實驗技巧來說，就可看出朱西甯的匠心獨具。

最引人注目並引發議論的另一篇小說〈冶金者〉，也同樣為後來的後設小說技巧開啟全新的嘗試[23]。朱西甯並沒有為這篇小說安排確切的結局，小說中的貪婪、自私與說謊，最能呈現人性極為幽暗的一面。正因為人性是混沌未明的，所以小說人物創造出來的故事也是似是而非。朱西甯的小說在於指出，人們太過於相信自己的智慧與判斷，從而對於任何可能發生的事件都採取一定的成見。然而，朱西甯卻故意挑戰坊間人物的智慧與判斷，為小說創造

21 朱西甯，〈福成白鐵號〉，《破曉時分》，頁二四二。
22 朱西甯，〈橋〉，《冶金者》，頁四一—六八。
23 朱西甯，〈冶金者〉，《冶金者》，頁一六七—九六。

了三個可能的結局。這種開放式的結局（open-ending），既能觸探人性的脆弱，也能挖掘出事件的各種可能。從這些實驗，可以理解到朱西甯的膽識與勇氣。在一九六〇年代，縱然他不是嚴格定義下的現代主義者，他的前衛精神（avant-garde）置於同世代作家中絕對毫不遜色。

前衛精神與語言鍛鑄，是現代主義者的兩大特色。前者基本上是屬於形式技巧，後者則在於開發無意識世界裡的新感覺。朱西甯在語言鍛鑄方面之異於常人，並不在於切斷語法或改造句型，更不是採取西化的句子來替代既有的白話。他的迷人之處，是運用他自己熟悉的方言、俚語與白話文，提煉出一種特殊風味的敘述方式。他在置放每一個漢字時，總會考慮到每一個文字的暗示、影射、隱喻與象徵。換句話說，一九六〇年代的現代主義者普遍抱怨中國文字過於腐敗或貧乏之時，朱西甯反而使這些文字起死回生。因為，他依賴的不只是文字而已，而是訴諸故事敘述的多重意義。

寫於一九五八年的〈偶〉，是不可多得的佳品[24]。從題目開始，他就展開了豐富的暗示。偶，代表雙軌之意，亦即故事本身是沿著兩條軌跡在發展。在故事裡，裁縫師是一位喪偶的男子，來店裡訂製旗袍的一對夫婦卻是怨偶。在喪偶的男子與怨偶的女人之間，傳遞著一種無可言喻的情欲。裁縫師在為這位女人量身時，肢體上的接觸透露了內心壓抑許久的欲望。但是，那種欲言又止的欲望又不能表現出來。裁縫師只能把許多過剩的想像投射在櫥窗裡的女性木偶。「偶」所帶來的種種歧義，幾乎鑑照了隱藏在社會底層的各種怨偶、喪偶與木偶的內心世界。這篇小說篇幅不大，卻拉開了一九五〇年代台灣社會的巨大苦悶。

直到他寫出〈現在幾點鐘〉時，朱西甯又一次把男性在情欲上的自我壓抑書寫得更為透徹[25]。為了逼真地寫出內心的焦躁與煎熬，他故意把句子寫得特別冗長而繁蕪，使讀者在閱讀時也產生反覆的折磨。這篇小說完成於一九六九年，台灣社會正逐步擺脫傳統農村生活，而都會生活正漸臻繁華的階段。台灣女性在性觀念慢慢解放之際，男性仍停留在故步自封的保守思想中。小說結尾的對話，顯得尤其生動。男主角問：「現在幾點鐘？」女主角回答：「二十世紀，七十年代……」。朱西甯利用迂迴、曲折、暗示的文字敘述，細緻地鏤刻女性心理的篤定安詳，同時也反襯男性在社會轉型期的不安與騷動。

探討一九六〇年代現代主義運動的風潮時，一般論者過於把注意力集中在美援文化對台灣文學的影響。朱西甯的軍旅生活，並沒有使他有機會與外界的西化思潮密切的接觸。如果他的小說具備了現代性，那絕對不能以簡單的推論來詮釋。這位每顆細胞都在說故事的小說家，完全憑藉他敏銳的觀察，以及他深層的思索而造就了現代主義式的作品。

24 朱西甯，〈偶〉，《朱西甯自選集》（台北：黎明文化，一九七五），頁四三—五六。
25 朱西甯，〈現在幾點鐘〉，《新墳》（香港：文藝風，一九八七），頁六〇—九七。

正是有「鐵漿時期」的作品為基礎，才有他日後的《冶金者》、《現在幾點鐘》等等新小說的誕生。在後設小說盛行的今天，朱西甯遠在一九五〇年代末期，六〇年代之初就已經在實驗雙軌式或多軸式的敘事技巧。尤其像《冶金者》以多種可能的發展作為故事的結局，更是當時小說家裡罕見的大膽實驗。在現代主義運動到了必須重新評價的階段，朱西甯的小說技藝也應該提到再閱讀、再詮釋的日程表上。朱西甯小說中的北方語言，晦澀而耐人尋味。這樣的聲音透過他的小說而在島上流動，使台灣文學能夠因此而獲得意外的想像。在那樣有限的篇幅裡，他以著精悍、巧思的語言創造了豐富的想像。把他的作品放回蒼白的戒嚴時期，文字魅力更加能夠放射出來。朱西甯式的語言，不易模仿，不易複製。他離去後，也帶走了獨門技藝。他的語言，他的風格，成為台灣文學的絕響。

原題〈朱西甯的現代主義轉折：重讀「鐵漿時期」作品〉，「紀念朱西甯先生文學研討會」宣讀論文，行政院文化建設委員會主辦，二〇〇三年三月二十二日；後收入王德威等著，《紀念朱西甯先生文學研討會論文集》（台北：行政院文化建設委員會，二〇〇三年五月），頁一七九—九五；朱西甯，《現在幾點鐘：朱西甯短篇小說精選》（台北：麥田，二〇〇四），頁九—二九。

瘂弦詩中的靈與肉

看不見的城市，羅列在瘂弦的詩行裡。《瘂弦詩集》的第四卷「斷柱集」，一共收入十二個異域的想像，包括巴比倫、阿拉伯、耶路撒冷、希臘、羅馬、巴黎、倫敦、芝加哥、那不勒斯、佛羅稜斯、西班牙、印度。完成於一九五〇年代末期的這些作品，具有高度的文學象徵；其中暗藏詩人透過翻譯的閱讀，而延伸成為他溫暖的夢境。每一個國土絕非表達異國情調，而是承載美好的文學寄託。詩人的精神旅行終於到達最遠的邊界，無非是為了釋放在現實生活中的壓抑情感與欲望。在格局有限的粗糙現實生活中，他的身體受到囚禁，無法找到恰當的出口。許多無法完成的夢與理想，最後都在詩行裡得到完成。從邊界夢境攜帶回來的古典經驗，往往能夠恰如其分地與精神上的苦悶銜接起來。最遠的人物形象，反而是最貼近心靈的人格。

聲東擊西的書寫策略，可以躲避嚴密的思想檢查，也可以逃離封閉的政治環境。然而，瘂弦並非是自我放逐，而是以異質的精神抵抗面對殘酷的生活。他的詩學委身於蒼白的歷史階段，無非是為了彰顯他的美麗靈魂。在〈巴比倫〉他自稱：「我是一個黑皮膚的女奴」，「我是一個滴血的士卒」，「我是一個白髮的祭司」，「我是一個吆喝的轎夫」。在〈阿拉伯〉他說：「自我憂鬱的鬍髭的陰影」。在〈倫敦〉，他說：「我乃被你兇殘的溫柔所驚醒」。在〈芝加哥〉，又說：「我的心遂還原為／鼓風爐中的一支哀歌」。在遙遠的領土上，出現的「我」，強烈暗示現實海島上的自我。在軍隊行伍中，詩人的身體受到囚禁。機械而規律的生活，使生命的意義持續折磨削薄。詩中出現的女奴與轎夫，或者是憂鬱與哀歌，才是他靈魂深處深層感受。但是透過翻譯文學的閱讀，他的精神便給予我們遨遊的空間。他所展開的華麗追逐，適足填補靈魂被抽離之後的空虛。這是一種藝術上的昇華，詩人找到恰當的文字、節奏、音色，撐起一片遼敻的天地。瘂弦可能是戰後的第一位詩人，為荒蕪的海島構築一座輝煌的文字殿堂。即使今天投以回眸，他砌起的歷史圓柱，仍然釋出無盡止的時間光澤。

瘂弦詩行能夠釀造深遠的魅力，不僅僅是依賴他獨特的語法與句型，也不在於誦讀時搖盪著起落有致的節奏；而在於文字形式的背後，隱藏一種靈與肉的辯證，把整個世界置放在上升與下降的拉扯之間。無形中，陷身於絕美與邪惡的飽滿張力裡。藝術的營造，無非是擇善固執的追求，而且為的是止於至善。瘂弦刻意屏除單一的價值，而創造一個善惡界線難以分明的境界。所謂善，不必然就是人格完整；而所謂惡，也並不是生命缺陷。真實的人性，常常被安排在善惡兩端並搖擺出入。在進出之際，有時可以使血肉之軀驟然浮現神性。神與人，善與惡，都同時寄託在欲望橫流的肉體。既然被貶謫到粗糙的土地，淪落成為庸俗的凡人，就注定受到救贖與自瀆的無情鞭笞。耶穌基督的受難，坊間妓女的凌辱，誠然是無可改變的命運。醜陋的人性是如此浩浩蕩蕩，無可抵擋，以致神性遭到泯滅。這正是瘂弦的殘酷詩學。

在他的年代，所有甜美的吻拒絕接觸待撫的唇，所有甘飴的泉拒絕注入渴水的井，所有的祝福拒絕降臨禱告的心靈。一九五〇年代的台灣，曾經是被詛咒甚至是被遺忘的土地。在困頓的孤寂時刻，仍然還有一些人如朝香聖客那樣去尋找奇蹟。走在茫昧道路的徒步者當中，想必也有詩人參加跋涉的行列。詩人是那個時代少數撐起希望的遠行者，在貧瘠的土地上仰望期待上帝之吻，也祈禱從天而降的甘霖。

瘂弦是其中未曾自我放棄的一位詩人。他以天賜的語言創造迷人節奏，也以瑰麗的想像開啟精神出口。如果容許時光流回那個時代，如果容許窺探封閉社會的心靈有多苦悶，瘂弦的詩是最恰當的見證。他的詩行之成為歷久不衰的傳說，正是因為他的詩意留下可供考掘的線索。沿著他留下的文字，當可傾聽歷史深層的聲音，夢與衝突，愛與邪惡，性與真理，重疊交錯在詩的高低節奏。瘂弦的詩齡前後維持不到十三年（一九五二—一九六五），但收在詩集《深淵》的每一首詩都引發無窮盡的討論與回響。

在他的詩裡，埋藏一個與他的時代全然不搭調的世界，也暗藏一個讓稍後世代取之不竭用之不盡的想像。他形塑了超越歷史、超越現實的精神空間，在那裡可以遇到真實的人性，也可以發現不合時宜的價值。相對於那個時代的政治，他的詩集容納非凡的能量，既激發昇華的美，也挖掘沉淪的醜。這位遠行的詩人把想像帶到許多人無法抵達的高度，並且具體證明那樣的境界是可以企及。

詩人在最短最窄的壓縮時間裡，就完成從抒情風格到現代知性的轉變。他在藝術上展現的引渡節奏，幾乎可以反映台灣現代詩邁向成熟的速度。從第一首詩〈我是一勺靜美的小花〉到最後一首詩〈一般之歌〉，意味著詩人對於語言的覺悟與實踐，較諸同時代的任何人還要敏感而早熟。無論是視覺或觸覺，他的文字表現了前所未有的立體感。

文字是平面的，如何利用想像造成深度與動感，全然依賴詩人揑鑄技藝的操作。以精省的文字創造繁複的聯想，不僅要熟悉對外在事物透視的能力，也要匯通對內在思維邏輯的掌控。瘂弦早期的詩〈婦人〉，僅以短短的六行，就把詩與畫之間的距離拉近：

那婦人
背後幌動著佛羅稜斯的街道
肖像般的走來

如果我吻一吻她
拉菲爾的油畫顏料一定會黏在
我的異鄉的髭上的

這是他觀看畫家拉菲爾的女性肖像之後，完成的一首短詩。畫面栩栩如生呈現在讀者眼前，最為生動之處，就在於搖晃的動感落在街道上，而不是人物像本身。繪畫可以撩起吻的欲望，正好襯托作品的逼真。畫中的異鄉原屬佛羅稜斯，卻移到詩人的髭上，巧妙地造成主客易位的效果；彷彿觀者漫步走入畫中，正好聯繫上晃動著的街道，也遇見那迎面而來的婦人。詩的結構與畫的結構，貼切地相互吻合。讀詩之際，勾起觀畫的感覺，使文字想像臻於飽滿而合理。僅僅從這首短詩，當可推見青年瘂弦素描與速寫的功夫。

熟悉美術史的人都知道，沒有經過素描的階段，就無法跨入抽象的技巧。畢卡索到達抽象畫之前，完成的素描作品不知凡幾。同理可證，瘂弦早期的素描階段是如此令人驚豔，其實他已在為日後跨入飛躍的現代主義美學做好準備。他的詩適合觀看，當然也適宜聆聽。視覺效果輔之以聽覺效果，往往是敏銳詩人的共性，瘂弦如此，余光中、鄭愁予亦復如此。〈秋歌〉這首詩，圓潤地表現了瘂弦對文字節奏的控制。因為這是抒情的，詩人選擇悠緩的節奏，舒展演出。在結束時，戛然而止：

秋天，秋天甚麼也沒留下
只留下一個暖暖
只留下一個暖暖

一切便都留下了

繚繞柔和的聲音，穿越兩行複誦的句子，一行終結，另一行開啟，留給讀者的耳朵無限遐思。秋天的感覺很深很深，從落葉到荻花，從山徑到寺院，空氣變得寧靜，心情也隨之寂寞。詩人仰首望向天際：「雁子們也不在遼夐的秋空／寫牠們美麗的十四行詩了」，無意間反襯人的嚮往與落空。尤其把雁行與十四行銜接時，人間詩意驟然消失無蹤的那種茫然，無須訴諸更多累贅的文字耗神解釋。只要兩行，就足以道盡一切。詩人的素描筆法，再次精練地達到視覺與聽覺的要求。

快慢自如的律動，抑揚頓挫的節奏，自然不止於開發想像，而是為了更進一步撥弄讀者的情緒。瘂弦的詩不容袖手旁觀，讀者總是情不自禁受邀參與，和詩人一起在詩行之間迴漩遊蕩。他擅長借用童謠的輕快，如〈憂鬱〉與〈殯儀館〉，或者近乎俏皮、卡通動畫的反諷節奏，如〈船中之鼠〉與〈無譜之歌〉，過濾多餘的悲哀與苦澀。淨化的過程，使情感更趨純粹，使藝術更近精緻。在那蒼白的年代，詩人不忘注入一絲幽默，會心微笑之餘，使讀者在飛揚與下墜的情緒擺盪中，恰到好處地回歸現實。

瘂弦詩風的顯著變化，發生在「斷柱集」的系列詩作。輯在集中的作品，是惹人議論的荒謬想像；從〈希臘〉、〈羅馬〉到〈巴黎〉、〈倫敦〉，都是以異國城市作為詩題。與其說這是一種夢幻的延伸，倒不如說瘂弦的現代化轉折始於這些詩作的實踐。所有陌生都市的名字，是為了釀造聲東擊西的效果。每一座城市的真實空間，都存在於詩人的體內。現代主義的審美，直探詩人內心的欲望與感覺。詩不再只是用來抒情，當然也不再停留於傷春悲秋。他以自己的肉體去頂撞時代，去干涉政治。真正的道德價值，已經不是用真善美的空洞字眼可以說得清楚；如果刻意壓抑體內洶湧的欲望，深鎖潛藏的邪念，那才是違反道德的原則。現代主義的挑戰與批判，至此才彰顯了真實的意義。

〈巴黎〉一詩開啟的想像，與巴黎那國際都會可謂毫不相涉。詩中出現的「塞納河」與「鐵塔」，也許提供一絲聯想，但整首詩讀來其實都指向肉體與欲望：

當一顆殞星把我擊昏，巴黎便進入
一個猥瑣的屬於床第的年代

夜晚降臨時，淫邪的時刻也緊跟著展開。迂迴的文字，無非是為了說出難以言宣的欲望。然而，藝術效果當不只如此，還企圖創造重疊的歧義。「殞星」、「擊昏」、「猥瑣」、「床第」放在不同的思維、情境，也將釋放出不同的意義。所謂前衛，並非在於製造障礙與困難，而是為了挖掘內心更真實的感覺。在此之前，未曾抵達的深層境界，是因為受阻於世俗的道德傳統，一切想像都馴服地活動在規範格局之內。要擺脫道德的糾纏，要掙開庸俗的裁判，現代主義美學遂採取迂迴的語言策略。在潔癖的、清教徒的思想檢查時代，使用困難的表達方式，完全是要追求真實。始於晦澀，終於清晰，正是詩人的終極關懷：

去年的雪可曾記得那些粗暴的腳印？上帝
當一個嬰兒用渺茫的淒啼詛咒臍帶
當明年他蒙著臉穿過聖母院
向那並不給他甚麼的，猥瑣的，床笫的年代

白雪是純潔，腳印是淫邪。在粗暴婚媾中誕生的嬰兒，並未得到任何許諾，遑論受到上帝的祝福。在現代的情欲社會，宗教似乎失去救贖的意義。擺盪於祝福與詛咒之間，上帝反而遭到放逐。神聖的情操與褻瀆的肉欲對決時，無異是一場魔鬼的交易。在〈巴黎〉的最後四行，答案已經昭然若揭：

在塞納河與推理之間
誰在選擇死亡

在絕望與巴黎之間
唯鐵塔支持天堂

鐵塔如果是陽具象徵，天堂的意義便不言可喻。在語言技藝的開發，瘂弦帶來極為寬闊的嘗試。「塞納河」與「巴黎」屬於具象，「推理」與「絕望」屬於抽象；兩種不同詞性的文字並置時，無疑開啟了遼遠的空間，能夠容納的詮釋也隨之加寬。如果細緻探索的話，塞納河與巴黎是真實人間的影射，推理與絕望則是宗教意義的隱喻。從事文字的羅列排比時，詩人未嘗忘記意象與意象之間的內在邏輯關係。在人性善惡之辨中，誰選擇死亡，誰支持天堂，詩人已有明確的答案。

在政治權力氾濫的時期，詩人對幽暗人性的探索，並非強調淫邪戰勝聖潔。他的詩重新反省救贖精神如何予以定義；尤其在道德主義受到尊崇的特殊歷史階段，瘂弦大膽敞開肉體，直視情欲的流動，絕對不是為了叛逆。他的詩傳達得非常清楚的信息，要重建人的信念，不是遮蔽邪惡的存在，更不是壓抑肉體的感覺。必須理解人性的全部，包括純正與狎邪，才有可能通往救贖。虛偽地忽視湧動的欲望，或是惡意地醜化肉體，只有使所有的道德看來更不道德。高貴或卑賤之間的區隔，不可能只是依賴訓誨與懲戒，也不可能只是求諸口號與掩蓋。能夠揭露肉欲的真實，終究比道德還更道德。

這樣的理解若是可以接受，詩人在〈上校〉短詩裡，干涉的領域不再是情欲，而是被視為禁區的政治現實。詩的語言越來越傾向人間性，使用淺白透明的生活語言，反而更容易接近詩意。上校是軍職，是國家機器的象徵，是被形塑的神聖職業，但是，詩人竟如此叩問：

什麼是不朽呢
咳嗽藥刮臉刀上月房租如此等等
而在妻的縫紉機的零星戰鬥下
他覺得唯一能俘虜他的
便是太陽

日常用語的入詩，是瘂弦為現代詩技藝開拓的新版圖。光榮勛章，反共大業，解救同胞，應該是不朽的同義詞。更高意義的不朽，是為國家捐軀、壯烈犧牲的義無反顧行為，這是那個時代耳熟能詳的教育與宣傳。那種想像的民族主義與國家意識，畢竟是屬於想像。詩人讓上校回歸到真實的生活情境，所謂不朽的志業，竟然是被瑣碎的生活細節所糾纏。這位神聖的軍人不僅被上月房租催逼，還必須讓妻子兼差做縫紉才能維生。不朽的定義，至此重新改寫。

反諷的文字，如「咳嗽藥刮臉刀上月房租」，俏皮的語言如「在妻的縫紉機的零星戰鬥下」，構成鮮明的對照。軍人被病體所苦惱，真正從事戰鬥的反而是妻子。乾淨利落的語言，精確而漂亮地揭露大時代小人物的境遇。由於詩行不加逗點，不同的名詞串在一起時，更加彰顯歲月的冗長與重複。那種語言節奏的加快，恰如其分地描述了生活的無聊及其無盡。詩中的「太陽」，當然也富有歧義的暗示，既是指日日夜夜，也是指黨國象徵。

活在虛偽的年代，活在壓抑的現實，詩人終於有不能不選擇現代主義的理由。當歷史不是那麼可靠，而未來又是不能預卜，被囚禁在兩者之間的時空裡，詩人能夠超越的途徑便是訴諸想像。就像他寫給商禽的那首詩〈給超現實主義者〉，是多麼準確地點出自己的生活困境：

你的昨日與明日結婚
你有一個名字不叫今天的孩子

把抽象的時間當作具象的空間來處理，是瘂弦使人訝異的文字技巧。已經逝去的記憶，以及尚未實現的理想，若是可以隱喻昨日與明日，雙方結合所誕生的孩子不必然可以稱為今天。如此鮮明的意象羅列並置，激發出來的想像已近乎哲學意義，那是沒有答案的答案，不是問題的問題。文字的不確，詩行的可疑，隱隱約約象徵了詩人所處時代的難以理解。如果詩中的意義是這樣晦澀，就不能完全歸咎於詩人，而應該責備詩行背後的政治現實。例如說，「反共是歷史大業」是當時流行的政治語言，歷史屬於昨日，反共大業是屬於明日，兩者加起來卻是不確定的答案。活在沒有確定意義的現實，不必然可以叫做今天。這種矛盾語法，介於解與不解之間，如果大眾可以接受，則現代詩就沒有被排斥的理由。

詩集《深淵》，有太多具有微言大義的作品。深淵的發音，與伸冤雷同。彷彿是求救的手，從荒遠的一九五〇年代伸出來，要求彎腰拾起詩行的讀者仔細咀嚼推敲。在〈庭院〉裡的最初三行，就有這樣的信息：

> 無人能挽救他於發電廠的後邊
> 於妻、於風、於晚餐後之喋喋
> 於秋日長滿狗尾草的院子

讀來像極翻譯的詩句，卻是非常中文。受困於生活，受困於歲月，受困於荒原式的家，看來比起一幀泛黃的照片還要真實。救贖的意義，在此變得姿態極低，只是要使百無聊賴的日常生活提升一點點。那種庸俗的風景，已無關乎人性的尊嚴或生命的存亡。日子之乏善可陳，其實是在蓄積深沉的抗議。詩中暗藏一股握拳的憤怒，卻又找不到任何發洩的出口。

這種憤怒，也可濃縮在另一首詩〈下午〉的第一行：「我等或將不致太輝煌亦未可知」。僅僅是短短一行，竟塞進去各種程度不同的情緒。「或將」「不致」代表雙重的不確定，「亦未可知」則是第三層的不確定。「輝煌」是生命中的夢、幻想、渴望。充滿矛盾的文字，很難推測那種心情究竟是放棄或未放棄。這種表達方式，正是瘂弦語言最為迷人之處，把讀者懸置在進退失據的空間，並給予一個已經回應卻沒有答案的手勢：

輝煌不起來的我等笑著發愁
在電桿木下死著
昨天的一些
未完工的死

瘂弦創造的語言之耐人尋味，就在於他能夠把最平凡的文字翻來覆去，以否定的否定之策略，使意義膨脹擴張。「笑著發愁」就是典型矛盾語法，既是尷尬，也是無奈。詩中「我等」之流的人物，無法進入歷史，無法追求未來，也無法立足現在。他運用的文字極其精省，卻開啟無限的豐饒想像。「死著……未完工的死」之類的語法，也可反過來做同樣的表達：「活著……未完工的活」，日子猶生猶死，恰可點出生命之虛擲虛耗。

無需華麗的字眼，也無需過多的修飾，就好像小津安二郎的電影，在日常中看到非凡，在瞬間發現永恆。生命之平靜無波，猶如〈一般之歌〉的呈現：

鐵蒺藜那廂是國民小學，再遠一些是鋸木廠
隔壁是蘇阿姨的園子；種植萵苣，玉蜀黍
三棵楓樹左邊還有一些別的
再下去是郵政局、網球場，而一直向西則是車站

就像是攝影鏡頭的移動，一幕一幕掃過眼瞳。城市最熟悉的街景，已經不再引人注目，但是詩人卻從其中發現一首詩。當它入詩，便不純屬風景，而被賦予新鮮的意義。這是小孩眼中的歲月生活，但又未嘗不是大人世界的寫照。藉由點石成金的筆，瘂弦拍攝成詩的文字，昇華成為歷史記憶。

〈一般之歌〉如果是素描，則主題詩〈深淵〉便是立體的抽象畫。時代裡被壓抑的感覺，落在身體上的歷史重量，密不通風的權力支配，以及個人意志的挫折，都在這首長詩閃爍浮現。詩題下引述沙特（Jean-Paul Sartre）的一句話「我要生存，除此無他；同時我發現

了它的不快。」這是存在主義最核心的意念，也是靈魂被囚禁在苦悶世界所發出的一聲抗議。他的失望與絕望，幾乎都顯露在以下的詩行：

去看，去假裝發愁，去聞時間的腐味。
我們再也懶於知道，我們是誰。
工作，散步，向壞人致敬，微笑和不朽。
他們是握緊格言的人！
這是日子的顏面；所有的瘡口呻吟，裙子下藏滿病菌。
都會，天秤，紙的月亮，電桿木的言語，
（今天的告示貼在昨天的告示上）
冷血的太陽不時發著顫，
在兩個夜夾著的
蒼白的深淵之間。

在找不到精神出口的那個時代，他們所過的日子是「向壞人致敬」，而這樣的壞人是「握緊格言的人」。其中所暗示的昭然若揭，在那個時代，需要收到敬禮的往往是握有最高權力的人，同時也是滿手掌握著格言的人。在黨國思想的規範下，所有的思想與藝術並不可能有太多選擇。當詩人不能掙脫時代的枷鎖時，就只能投入詩的想像。隱晦的政治思考，藉由文字技藝宣洩出來，詩行說得那麼迂迴，又是那麼艱澀，只是為了講出更真實的話。所謂「冷血的太陽」，正是強烈暗示青天白日滿地紅的旗幟，那是對黨國象徵的最大褻瀆。而所謂深淵，卻是指向情欲湧動的身體內部；兩種鮮明意象的對比，身體與國體，情欲與情操，恰如其分地並置在詩人的思考深處。詩的主題就此定位：落入深淵的命運，究竟是自贖還是自瀆，確實饒人興味。褻瀆的意象凌駕在救贖的精神之上。當夜晚降臨時，肉欲橫流的面貌就浮雕出來：

在夜晚床在各處深深陷落。一種走在碎玻璃上
害熱病的光底聲響，一種被逼迫的農具的盲亂的耕作。
一種桃色的肉之翻譯，一種用吻拼成的
可怖的言語；一種血與血的初識，一種火焰，一種疲倦！
一種猛力推開她的姿態。
在夜晚，在那波里床在各處陷落。

肉體與肉體的碰撞，舌頭與舌頭的交接，也許是屬於可怖的語言。在那時代，情操必須隨著民族主義情緒上升，而情欲彷彿無法抗拒地心引力，無盡止地把生命往下拉。上升或者下降，兩股力量的拉扯，正是構成整首詩緊繃的張力。如果夜晚是一種血與血的初識，則燃燒起來的火焰，以及化成灰燼的疲倦。正好顯示時代中的人格，無法掙脫政治的枷鎖。當床鋪取代了戰場，所有的精神抵抗注定是要陷落，而且是到處陷落：

這是深淵，在枕褥之間，輓聯般蒼白。
這是嫩臉蛋的姐兒們，這是窗，這是鏡，這是小小的粉盒，
這是笑，這是血，這是待人解開的絲帶！
那一夜壁上的瑪麗亞像贉下一個空框，她逃走，
找忘川的水去洗滌她聽到的羞辱。
而這是老故事，像走馬燈；官能，官能，官能！
當早晨我挽著滿籃子的罪惡沿街叫賣，
太陽刺麥芒在我眼中。

深淵意味著落入萬丈的情色與欲望，只有官能世界才能取代真正的現實。懸掛在牆壁上

的聖母瑪麗亞，都必須選擇逃走，甚至需要以忘川的水洗刷她的耳朵，則所有救贖的希望都宣告幻滅。〈深淵〉這首詩是由十三節九十九行所構成，可以視為瘂弦詩藝的極致。詩中重複著這樣的禱詞：

哈里路亞！我們活著。走路、咳嗽、辯論，
厚著臉皮佔地球的一部份。
沒有什麼現在正在死去，
今天的雲抄襲昨天的雲。

很少有詩人大膽使用如此白話的語言，而能夠達到深刻細膩的挖掘，使現代詩的節奏與風貌為之改觀。一個時代的苦悶與封鎖，一個生命的消耗與消亡，可能需要動用大量的檔案、文件來證明。詩人卻在短短數行的詩中，完成歷史描述的工程。

語言的營造，往往必須經過長期的鍛鍊與提煉。但是對瘂弦而言，他創造了奇蹟。在那樣短暫的詩藝追求中，能夠同時兼顧感性與知性，能夠兼顧意象與節奏，獲致語言所能到達的極限。他從上帝那裡借來的語言，也從上帝那裡借來創造世界的能力，才有辦法在最孤絕的年代開闢最開放的詩領土。把他的詩命名為死亡美學或廢墟美學，都可以成立。然而，死亡與廢墟並非是他精神的全部，在他的詩中，挫折裡暗藏希望，墮落中暗示昇華，毀壞中啟開重建。靈與肉的交織，釀造他永恆的困惑。然而，這樣的困惑，並不屬於這位詩人，而是由整個時代以及下一個時代，共同來承擔。他挽救了文學於一九五〇年代，於白色恐怖，於威權體制，於意識形態。即使到今天，封筆長達四十年之後，他挽救了自己的聲名，於無詩的日子，於瘖啞的歲月。他的語言留下來，一切便留下來了。

「瘂弦學術研討會」宣讀論文，育達商業科技大學語言應用研究中心主辦，二〇一一年四月二十九日。

翻譯艾略特

——余光中與顏元叔對新批評的接受

引言

文學的翻譯，是一種藝術的旅行，即屬時間的，也屬空間的。就時間的旅行而言，翻譯都必然發生在作品完成之後。在一九五〇、六〇年代現代主義發軔之際，被譯介到台灣的西方詩人與小說家的作品，大部分都已在文學史上取得經典的地位。由於台灣處在時間的下游，所以就獲得一個能夠選擇的位置。在西方現代詩運動中扮演旗手的艾略特（T. S. Eliot），最初在五〇年代被台灣文學接受時，已是一位諾貝爾文學獎得主。他的文學影響力，在普遍影響西方文學後，又進一步抵達東方的一座浮島。台灣社會所見證的艾略特，是一位風格已經確立的詩人，他的文學評價與美學信仰所引起的爭議，基本上已都塵埃落定。

就空間的旅行而言，艾略特的文學從西方到達台灣，必須經過兩種面具的轉換。第一種是語言的轉換，第二種是美學的變易。艾略特在另一個陌生的國度使用中文發音時，面對的不只是語言意義的落差，而且是社會政經條件的落差。在接受艾略特時，台灣作家所看到的詩人精神面貌與美學狀態顯然是不同於西方的艾略特[1]。

文學與美學的旅行，在離開原來所賴以生存的土地後，就像吹散的蒲公英那樣，在落下不同的定點處與陌生的土壤結合，開出奇異的花朵。艾略特為什麼選擇在一九五〇年代到達台灣，而不是稍早或稍遲？要追求這個問題的答案，似乎不免要提出政治化的解釋。現代主義文學的流動，得以傳播到世界各地，無非是借助帝國主義與殖民主義的擴張而獲得輸出的途徑。從歷史軌跡來考察，現代主義能夠從第一世界的都會傳播到第三世界的市鎮，其中最重要的聯繫完全不脫資本主義的文化邏輯。具體而言，殖民母國對殖民地社會的權力支配，並非只停留在政治、經濟層面，伴隨資本主義運動的滋生、繁殖，現代主義作為帝國主義文化的一環自然也無可避免會跟著滲透。

台灣在一九三〇年代受到日本殖民主義宰制時，也曾出現過短暫的現代主義運動，這是因為在東京與台北之間已建立起固定的權力結構。在文化位階上，次等於日本首都的台北島都，顯然無法抵抗強勢文化的侵襲。不過，歷史並沒有允許這種文化結構永久延續發展下去。由於日本在一九四五年的投降，導致現代主義的傳統終於斷層斷裂。戰後，台灣現代主義的再度萌芽，顯然與日本現代主義沒有深刻的銜接。代之而起的是美國文化的大規模滲

---

1 文學與美學之旅行這個概念，借用薩依德（Edward W. Said）所說的「理論的旅行」。他認為理論透過時間與空間的傳播，應有四個模式。第一，理論有其起點（point of origin），有其孕育的條件。第二是橫向的距離（distance transversed），亦即從一個空間到另一個空間的通道。第三是接受的條件（conditions of acceptance），在接受過程中會有衝突與抵抗。第四是進入收編（accommodation incorporation）的階段，理論有了全新時空的歸宿。參閱 Edward Said, “Traveling Theory,” *The Edward Said Reader* (New York: Vintage Books, 2000), pp. 195-217。

透。從一九五〇年代開始，現代主義的花粉，再度以橫的移植的方式從美國吹拂到台灣。

艾略特的名字初聞於台灣時，台灣與美國之間的文化權力結構似乎已經確立。有關這方面的歷史解釋，也許必須以更為周密的論文來處理。不過，有一個事實值得注意，一九五〇年代初期的詩刊《現代詩》、《藍星》、《創世紀》都是以譯介法國象徵主義的詩人及其作品為主調。必須等到五〇年代末期，英美現代詩的翻譯才逐漸蔚為風氣[2]。在美國文化的強勢推湧之下，艾略特的詩與詩論才以中文翻譯登陸於台灣。

從厄略脫，艾略特到歐立德

現代主義如果可以視為一種面具，則艾略特被介紹到台灣的過程凡經三變。在最初的文化接觸階段，厄略脫或艾略特代表的是一種嘗試的譯名。艾略特的譯名，在一九五〇年代末才普遍為台灣所接受。用功最深的，當推余光中。他的推廣，意味著台灣詩壇已逐漸能欣賞並消化艾略特建立起來的美學。葉維廉與杜國清的翻譯與研究，在余光中所奠定的基礎上，又進一步使艾略特文學取得較為穩定的地位。到了一九六〇年中期，顏元叔高舉新批評的旗幟，自美留學返台，開始有計畫重新解釋艾略特。顏元叔堅持應該把艾略特譯為歐立德，其目的不僅在肯定艾略特藝術，而且還有意把他的詩論運用於台灣現代詩的批評工作之上。如果上述三種譯名有其文化意義的話，則厄略脫應該是屬於斷片的、不完整的面具。艾略特的譯名出現時，意味著台灣文學已開始接受他的文學，是一個較為完整的面具。到了歐立德的名字重新發明時，一個新的變貌階段已經出現。台灣文學似乎已具備能力去解釋這位傑出的詩人，同時他的詩觀也漸漸被台灣批評家所挪用。艾略特文學的旅行，至此已到達一個轉折點[3]。

2 王潤華在他的研究裡指出，現代主義的傳播並沒有因為一九四九年國民黨政府的遷台而中斷。五四以降在中國的現代主義運動，以及日據時期的台灣現代主義，仍然以迂迴曲折的方式影響戰後台灣。參閱王潤華，〈解構《現代文學》與台灣現代主義文學的神話〉，收入聯合報副刊編輯，《台灣新文學發展重大事件論文集》（台南：國家台灣文學館，二〇〇四），頁一一二—一二八。

3 薩依德在稍後重新解釋理論之旅行。他指出，以盧卡奇（Georg Lukács）的作品《歷史與階級意識》（*History and Class Consciousness*）為例，在白人歐洲與黑人非洲的接受就發生了歧義。薩依德原先認為，理論在經過時空的轉換之後，往往會失去原來的力量與意義。不過，對於這樣的說法，他又做了修正。理論被新的時空收編之後，有時也會產生新的解釋，並產生新的力量。盧卡奇被阿多諾（Theodor Adorno）吸收後，變成文化批判的理論基礎，但是被法農（Frantz Fanon）消化後，卻成為其革命主張的理論基礎。參閱 Edward Said, “Traveling Theory Reconsidered, ” *Reflections on Exiles and Other Essays* (Cambridge, MA.: Harvard University Press, 2000), pp. 436-52。

厄略脫這個譯名，最初見諸於紀弦所創辦的《現代詩》，翻譯者是詩人方思。一九五四年冬天出版的《現代詩》，方思選擇〈厄略脫詩論〉三則，包括「實驗」、「相關」，與「聽覺的想像」[4]。顯然台灣詩壇對艾略特的認識，最初不是他的作品，而是詩論。《現代詩》出現艾略特的譯詩，是在一九五七年的第十九期。署名葉冬的譯名介紹〈艾略特詩三章〉，都是以節譯的方式刊出，包括〈荒原〉（The Waste Land）中有關死者的葬式之一節，〈普魯福情歌〉（**The Love Song of J. Alfred Prufrock**）的第一節，以及〈大禮拜堂的謀殺〉（**Murder in the Cathedral**）劇中合唱之一節。在篇幅上，方思的譯文僅占一頁，葉冬的譯詩則不及兩頁。這說明了一九五〇年代詩壇對艾略特還相當陌生，仍然還停留於試探接觸的階段，因此對詩人的形象與風格還難以把握。

《現代詩》刊出較為完整的翻譯，是薛柏谷在第二十二期所譯艾略特〈論詩的批評〉[5]。這篇原文發表於一九二〇年，艾略特的名字為當時的台灣詩壇帶來全新的觀念。因為，這篇文字強調批評的重要性絕對毫不遜色於創作，全然肯定批評本身具有自主的創造力。他更指出，帶有天分的詩人，往往也是帶有天分的批評家。

在《現代詩》的譯文中，艾略特的能見度並不鮮明。使艾略特的譯名確立下來，並且較為正式把他的文學介紹給台灣詩壇的，當推余光中。一九六〇年元月，《文星》月刊的封面人物正是艾略特。在相片側面有一行標題文字：「溶美醜於一爐而創造新的美之艾略特」。

在「封面人物」專欄裡，余光中發表一篇長文〈創造二十世紀之新詩的大詩人艾略特〉[6]。較諸《現代詩》時期的翻譯，這是第一篇較具有組織的中文介紹。更具體的說，台灣詩人在這個階段，已經能夠使用自己的語言來討論外國詩人。

同年二月，秀陶在《創世紀》譯出艾略特的經典論文〈傳統與個人才能〉[7]。到了五月，白萩又譯出〈空洞的人〉[8]。這兩篇譯文的出現，反映台灣文學開始正視這位歐洲詩人

---

4 方思的譯文前有數語提到，他曾在稍早譯介過厄略脫的「論難懂的詩」與「論詩的欣賞」短論數則。唯史料闕如，未能窺得原譯。見方思選譯，〈厄略脫詩論〉，《現代詩》八期（一九五四年冬），頁一五六。

5 艾略特著，薛柏谷譯，〈論詩的批評〉，《現代詩》二二期（一九五八年十二月），頁二三—三〇。原文是"A Brief Treatise on the Criticism of Poetry," *Chapbook 2* (1920): 1-10。

6 余光中，〈創造二十世紀之新詩的大詩人艾略特〉，《文星》二七期（一九六〇年元月），頁二一—三。這篇文字後來改題〈艾略特的時代〉，收入余光中的第一冊文集《左手的繆思》（台北：文星，一九六二）。

7 艾略特著，秀陶譯，〈傳統與個人才能〉，《創世紀詩刊》一四期（一九六〇年二月），頁三四—三八。原文為"Tradition and the Individual Talent," *The Sacred Wood* (London: Methuen, 1920), pp. 47-59。

8 艾略特著，白萩譯，〈空洞的人〉，《創世紀詩刊》一五期（一九六〇年五月），頁三二—三三。原詩為"The Hollow Man" (1925)，收入T. S. Eliot, *The Complete Poems and Plays, 1909-1950* (New York: Harcourt, Brace & World, 1971), pp. 56-59。這篇論文引述艾略特的詩，均出自這個版本。

的重要性。艾略特的譯名不僅被接受，而且詩人的詩與詩觀也同樣受到矚目。作為文學傳播者下游的台灣，在選擇的立場上，較為有利地譯出屬於詩人的傑出作品。此後，有關艾略特的翻譯，就陸續在國內報刊雜誌發表。

可以確定的是，最早介紹艾略特文學的這一世代，在當時幾乎都是傑出的詩人。從他們的創作中可能很難發現艾略特的影子。不過，通過翻譯的事實，大約可以印證艾略特以星辰的高度召喚這世代的文學精神。同樣也是在一九六〇年，師大英語系畢業了一位碩士，就是詩人葉維廉，英文論文題目是〈艾略特方法論〉（T. S. Eliot: A Study of His Method）。在這篇英文論文的基礎上，葉維廉於同年發表三篇中文論文，亦即〈「艾略特方法論」序說〉、〈艾略特的批評〉與〈靜止的中國花瓶：艾略特與中國詩的意象〉[9]。葉維廉的研究，使艾略特文學的譯介有了飛躍式的進步。他的文字，代表一九六〇年代的詩人已有英文寫作能力，並以英文詮釋艾略特。在整個華文世界，這是首創的先例。葉維廉在這方面的突破，稍後當進一步探討。

艾略特文學在台灣所獲得的中英文詮釋，以一九六〇年為分水嶺。由於有余光中、白萩、秀陶、葉維廉等人的先後介紹，艾略特詩與詩觀似乎從此就嵌入台灣現代詩運動的脈絡。至於艾略特詩論的翻譯工程，規模最為龐大的，莫過於《笠》詩社的成員杜國清。他在一九六九年獨立譯出《艾略特文學評論選集》，共收入詩論十八篇[10]。這冊譯作的重要特色是，杜國清界借助許多日文的譯本。他的日文閱讀能力在那段時期也許遠勝於英文。這個例子，可以反映翻譯的現代性在台灣的複雜淵源。如果台灣社會沒有過日本殖民的經驗，知識分子的日文閱讀絕對不可能出現杜國清那樣的能力。艾略特的英文，假道日文途徑，而獲得中文的表達，是一個值得再思考的議題。完成這本書的翻譯時，杜國清寫了一篇〈艾略特的文學論〉附於書後。他自己承認，這篇長文的許多見解，大多是根據日本學者矢野積禾的解釋。縱然如此，在一九六〇年代的台灣，這部譯作無疑開啟台灣文學對艾略特較為開闊的認識。艾略特許多重要詩論都收入這本譯作裡，包括〈傳統和個人才能〉、〈小論詩的批評〉、〈詩的音樂性〉、〈伊茲拉・龐德詩選序文〉、〈但丁論〉、〈葉慈論〉、〈波特萊爾〉。與五〇年代初期的翻譯格局比較，幾乎可以確定台灣文學對艾略特的接受，在六〇年代已宣告成熟。

一九七一年，杜國清又譯出艾略特的《詩的效用與批評的效用》[11]。這本譯作是一九三

9 葉維廉的這三篇研究，未及考察原來發表出處。不過，這三篇文章都收入他的論集《秩序的生長》（台北：志文，一九七一），頁六五—一一五。

10 杜國清譯，《艾略特文學評論選集》（台北：田園，一九六九）。

11 艾略特著，杜國清譯，《詩的效用與批評的效用》（台北：純文學，一九七一）。此書英文原名為 *The Use of Poetry and the Use of Criticism* (London: Faber, 1964; first published in 1933)。

二年至三三年艾略特在哈佛大學的演講，頗有取代詩人早期文學批評的用意。杜國清翻譯時，使用許多譯註，是重要特色。不過，他也承認，在譯註方面，曾參考日本學者岡田昌夫與上田保的版本。這冊譯作出版時，艾略特詩論在台灣的介紹大約也告一段落。

詩作的翻譯方面，頗具規模的工作顯然晚了許多。余光中在一九六九年出版《英美現代詩選》，其中收入艾略特的四首詩：〈一女士之畫像〉、〈波士頓晚郵〉、〈小亞波羅先生〉、〈三智士朝聖行〉[12]。在每首詩之後，都有譯者的解釋，開創了譯詩的先例。台大外文系兩位教授談德義（Pierre E. Demers）與李達三（John Deeney），把課堂的研讀本正式出版為《艾略特的荒原》（*Comprehensive Guide to the Waste Land*）。翻譯之細膩，較諸余光中的工作還深刻。書中以英文詩為主體，輔之以中文譯註[13]。另外一冊譯註，則是李清俊《艾略特的荒原》[14]，是最晚出版的譯註，註解極為詳盡。因為此書出版於一九九二年，相當能夠代表台灣文學接受艾略特的程度。杜若洲的《荒原・四首四重奏》，也是艾略特在台灣受到解釋研究後，才出版的完整譯詩[15]。

旅行到台灣的艾略特，在一九六八年有一個令人矚目的轉折。當時甫自美國留學返台的顏元叔，在《大學雜誌》發表一篇引起議論的文字〈歐立德與艾略特〉，企圖推翻沿用十餘年的艾略特的譯名，而代之以歐立德[16]。他認為，艾略特沒有眼睛、鼻子，也沒有顯出詩人的個性。這篇文字引述艾略特自己說過的話，「在宗教上，他是英國國教徒，在文學上是古典主義者，在政治上是保皇黨。」顏元叔強調，艾略特是具有高度歷史意識的詩人，既尊重傳統，也創造傳統。他並認為，艾略特的詩與詩論是在建立歐洲的文學道統與宗教道統，宜乎將艾略特譯為歐立德。

顏元叔加入譯釋艾略特的行列，主要意義在於他提升詩壇對於這位西方傑出詩人的再認識。在艾略特與歐立德之間，譯名並不是重要的問題所在。從顏元叔的主張，當可發現艾略特的詩論已在台灣文學批評產生積極影響的作用。在此之前，台灣詩人翻譯艾略特，側重在藝術技巧的整頓。透過翻譯，是為了建立台灣詩人的詩藝，從而也深化在創造過程中的思想深度。顏元叔的態度，並不在於追求詩藝，而是為了強化台灣文學批評的力道。如果這樣的觀察可以成立，那麼艾略特與歐立德兩種譯法，一種是詩人型的接受，一種是批評家型的接

12 余光中，〈艾略特：夢遊荒原的華胄〉，《英美現代詩選》（台北：臺灣學生，一九六九）。後改為時報出版（一九八〇），頁一〇四—三五。

13 談德義、李達三編，《艾略特的荒原》（台北：書林，一九七七）。

14 T. S. Eliot著，李清俊譯注，《艾略特的荒原》（台北：書林，一九九二）。

15 艾略特著，杜若洲譯，《荒原・四首四重奏》（台北：志文，一九八五）。

16 顏元叔，〈歐立德與艾略特〉，《文學批評散論》（台北：驚聲，一九七〇），頁五五—六〇。同書中還有兩篇文字〈論歐立德的詩〉與〈歐立德的戲劇——音響與字質的研究〉。

受。前者重視的是文學創造力的開發，後者則偏向文學批評的運用。艾略特的翻譯，終於塑造了兩種台灣現代詩運動的兩種面貌。

第一種範式：創造力的開發與反省

現代主義到達一九六〇年時，台灣文學的創造力次第受到開發。這一年，艾略特已是詩壇普遍接受的歐洲詩人。在一九五〇、六〇年代有那麼多外國詩人被譯成中文，但是在台灣散發的影響力並不彰顯。唯艾略特的知名度最高，他的〈荒原〉（有的譯為〈荒地〉）被引述最多，也是被討論最多。當時被介紹最多的歐洲詩人，包括波特萊爾、里爾克（Rainer Maria Rilke）、葉慈，也出現大規模的翻譯，但唯有艾略特的質與量最高。艾略特在西方文學史上扮演的角色，既是詩人，也是批評家，這使得台灣詩人紛紛以他作為學習的目標。

余光中在接受艾略特的同時，也對美國詩人佛洛斯特（Robert Frost）表現高度的著迷。但是，在詩觀的建立方面，他還是比較傾向於艾略特。在第一篇論艾略特的文字，余光中已暗示了他對艾略特歷史意識的注意：「籠罩著艾略特早期作品的是一種含有甚重的『時間之鄉愁』的歷史感。在現代的世界裡，我們找不到光榮、偉大、安全，以及完整；在『過去』的面前，『現在』是自卑的、醜惡的、破碎的、徬徨的。」[17]把這段話放回一九五〇年代的台灣，也許是一種政治無意識（the political unconscious）的表徵。這足以說明為什麼艾略特較受台灣詩人歡迎的原因。艾略特詩中的幽暗意識與負面書寫，迂迴地暗示了台灣詩人在當時苦悶環境中的心情。面對著醜惡、破碎、徬徨的政治現實，艾略特的詩句可能提供釋放內心壓抑的管道。即使余光中可能沒有那樣敏銳的政治意識，艾略特詩裡的暗淡色調也許也鑑照了他與他那世代的情緒。就詩觀而言，艾略特揭示的歷史意識與傳統意識，對於文化鄉愁特別濃郁的余光中來說，應該也有相互扣合之處。

〈傳統與個人才能〉一文，對余光中與同世代詩人的啟發也極其深遠。這篇文章，強調古典與現代之間是一種辯證關係。傳統詩人的作品，如果具有不息的生命力，則其精神恆是現代。反之亦然，現代詩人若失去創新，便被驅趕到傳統之列，注定是要被遺忘的。現代可以重新詮釋傳統，同樣的，傳統也可賦予現代新的詮釋。

艾略特的詩論，特別強調知性與感性應該取得統一。這個提法影響余光中甚深，他自己建立起來的詩風，與當時《創世紀》詩社的知性偏向，有了很大的區隔。詩的語言趨於樸素而精練，是艾略特作品的主要特色。對於這樣的風格，余光中也非常肯定。這是可以理解的，在一九六〇年代台灣詩人普遍追求困難而複雜的晦澀表現之際，余光中堅持背道而行。

---

17 余光中，〈艾略特的時代〉，頁一六。

他的語言活潑而透明，當然不是受到艾略特的影響，但至少艾氏的詩風與詩論，可以堅定支持他的詩藝營造。

譯介艾略特文學的那個時期，余光中的長詩〈天狼星〉發表於《現代文學》第八期。艾略特與余光中之間的聯繫，是否透過這首長詩而表現出來，值得進一步考掘。不過，整首詩的演出，很明顯是在處理現代主義與古典傳統如何結合的問題。這個隱性的主題，自然是與〈傳統與個人才能〉所表現的詩觀有某種程度的微妙呼應。然而，又不必然緊貼艾略特的步伐。艾氏對於西方現代文明抱持高度的悲觀，對社會或對自我都欠缺救贖的力量。余氏的長詩則不然，他既對中國傳統懷有憧憬，也對現代的命運表達樂觀的態度。全詩並非是一氣呵成的長詩，而是以組曲的形式連結起來。縱使對於前途抱有高度信心，詩中的現代主義表現似乎對當時的現實環境也流露無可抑制的諷刺與批判。在知性與感性之間，余光中嘗試要取得一個平衡點[18]。

〈天狼星〉是余光中現代詩生涯中極具象徵的作品，一方面在於宣告對傳統的回歸，一方面對現代主義也開始有所反省。這種轉變，與他閱讀及翻譯艾略特有密切關係。從他的詩論集《掌上雨》所發表的文章就可得到印證。在一九六〇年之前，余光中擁護現代主義，可謂義無反顧。不僅在詩中表達孤獨的自我，甚至還參加論戰為現代主義辯護[19]。但是，就在他發表〈天狼星〉之後，特別是受到洛夫所寫〈天狼星論〉（《現代文學》九期）的批評之後，余光中決心調整自己的詩觀，從而也改變自己的詩風，開始營造他的新古典主義。一九六四年完成的詩集《蓮的聯想》，就是詩風重新整頓之後的一個產物。

在轉型過程中，余光中為〈天狼星〉辯護的一篇重要宣言〈再見，虛無〉，是不可錯過的重要文獻[20]。從這篇長論的思維內容來看，它與其說是對洛夫的回應，更大的成分是對當時台灣現代主義運動的答覆，而且也是他對包括艾略特在內的西方現代主義有相當程度的反省。在答覆中，余光中有一個重要的信念，便是在反叛傳統之前必須先了解傳統，在超越現實之前必須先介入現實。否則所謂反叛，是盲目的反叛；所謂超越現實，是不折不扣的逃避現實。

艾略特的現代文明的悲觀，乃是在目睹第一次歐戰後的廢墟景象，遂在文學中表達海德格式的空無。〈荒原〉、〈空洞的人〉傳達出來的否定性格（negativity），或是他全部詩作所

18 關於這首詩的討論，參閱陳芳明，〈回望天狼星〉，原刊《書評書目》四九、五〇期（一九七七年五、六月）；後收入《鞭傷之島》（台北：自立報系文化出版部，一九八九），頁八九—一三六。

19 余光中從高度現代主義朝向古典主義的轉向過程，可以參閱陳芳明，〈回頭的浪子〉，《詩與現實》（台北：洪範，一九七七），頁一二三—五〇。

20 余光中，〈再見，虛無〉，《掌上雨》（台北：文星，一九六四），頁一〇二—一一四。

貫穿的反面寫法，顯然與西方文明的頹敗有緊密關係[21]。余光中顯然很清楚，艾略特詩中呈現的虛無感與其所處衰落的西方文明背景之間的內在邏輯關係。因此，他並不認為台灣現代主義無須抄襲複製那樣的負面表現。洛夫詩論中的「現代人」一詞，指涉並不明確，究竟是屬於西方，還是屬於東方？余光中回應說：「由於洛夫先生相信人是空虛而無意義的，……他很容易進一步相信經驗是破碎的，孤立的，……再進一步，便得到一個結論：即表現這些經驗的意象也應該是破碎、孤立、游離、不可辨認的。」[22]這裡表達非常清楚的論點是，現代主義思潮無疑是來自西方，但是其精神則無須模仿。余光中要指出的是，台灣現代主義與西方現代主義並不能含混在一起。這種批判性的接受，正好點出余光中的立場。他的詩觀有一部分來自艾略特，卻又要與艾略特有所區隔。他的現代主義信仰來自西方，卻不必然要跟著西方走。

從詩史來看，一九六〇年誠然是重要的年代。艾略特正式受到台灣詩壇肯定之際，恰巧也是西方現代主義開始受到反省。余光中在這段時期表現出來的身段，其實已經是在改造西方現代主義的精神。或者，更切確的說，現代主義精神的在地化，已在余光中的實踐中展開了。

與余光中同世代的詩人中，白萩、杜國清、葉維廉都很熟悉艾略特的文學。他們應該也都屬於改造現代主義的重要推手。只是，每位詩人的改造策略各有自己的思考。它們之間的實踐與差異，有待深入考察。不過，就像薩依德所說，一個理論到達陌生的領域後，最先可能會發生抗拒，但最後還是會被收編。台灣詩人對現代主義的整合，尤其是對艾略特技藝的吸收，並不是單方面的接受。艾略特的風貌，經過變貌的解釋，就不再屬於西方，而是屬於台灣現代主義的一環。

第二種範式：現代性的台灣詮釋

顏元叔在一九六〇年代中期回到台灣時，也把新批評的風氣帶進國內。他在展開新批評運動時，首先為艾略特的譯名改為歐立德。這項行動本身，彷彿是在恢復艾略特的文學精神，但是，經過他的解釋，艾略特似乎無形中戴上了台灣的面具。

他在一九六五年發表的兩篇有關艾略特的詩評，應該是劃時代的。顏元叔是台灣第一位自覺到要建立文學的批評理論的實踐者。余光中雖然也從事文學批評，其理論基礎大多是依

---

21 艾略特詩中的否定（negativity），最好的討論可參閱 Eloise Knapp Hay, *T. S. Eliot's Negative Way* (Cambridge: Harvard University Press, 1982)。

22 余光中，〈再見，虛無〉，《掌上雨》，頁一六〇。

賴自己的創作經驗，同時也是為了深化並刷新自己的創作技巧與思想內容。余光中的文學批評頗受矚目，其實踐策略也近於新批評的精神，但他從未高舉新批評的旗幟。顏元叔則不然，他的新批評的方式，套用在艾略特之上，同時又將新批評的策略施行於台灣現代詩與中國古典詩的檢驗。〈論歐立德的詩〉是當時台灣罕見的詩評。顏元叔展現他卓越的分析能力，對艾略特詩中的結構相當具有信心予以把握。他在進行評釋時，一方面遵守新批評的原則，一方面卻又突破新批評的局限。在析詩的過程中，顯然也滲透了他個人的心情與人生觀。這篇文字集中討論〈荒原〉、〈空洞的人〉與〈四部曲〉（一般譯為《四首四重奏》），顏元叔把每首詩視為單一結構，又把全部詩作集合起來，視為艾略特文學生涯的大結構。在討論個別詩作時，如〈荒原〉，他點出〈荒原〉詩中反映的低迷色澤，與歐洲現代文明的狀態有呼應之處。艾略特自我的消沉，與時代風氣的頹敗是彼此召喚的。但是，在解析〈四部曲〉時，顏元叔則特別強調艾略特自我救贖的力量，通過火的提煉，淨化了藝術精神。這樣的解釋，是非常台灣觀點的。就像余光中的詮釋那樣，艾略特的詩終於產生正面的昇華作用。

顏元叔的批評，把艾略特一生的詩作視為一個龐大的、完整的象徵。所以，詩評的最後結論還是肯定的。他說，艾略特的文學生涯可分為四點來看：第一、從世俗到宗教。第二、從否定到肯定。第三、從自我出發，又超越自我。第四、每一首詩，都是以社會現實為背景[23]。他對艾略特詩風評價的總結，似乎與他一生的「否定」思維有了落差。不僅如此，他的批評策略並不一定都符合新批評的範式。因為新批評的重點大多集中在詩作結構的詮釋，很少拿來與詩人的時代社會相互印證。他的詮釋方式，過於重視艾略特精神昇華的一面，也過於強調詩對於社會現實的鑑照。不過，也正是經過這樣的改造，艾略特的面貌在地化了，新批評的技藝也在地化了。

另一篇關於詩劇的討論，亦即〈歐立德的詩劇——音響與字質的研究〉，是從英文論文譯成中文。這種情形就像葉維廉的畢業論文譯成中文發表一般，可以直接貼近詩人的作品。這種翻譯的現代性，需要經過兩道翻譯的手續。顏元叔在這篇文字高度專注於討論音響與字質之間相互結合、排斥所造成的張力。他的分析技巧，反映了對艾略特的熟悉，更反映了他對英語世界的理解。這篇文字應是新批評的典範之作，以這樣的訓練為基礎，顏元叔才進一步展開對台灣現代詩的批評[24]。

台灣文學對艾略特的接受，從表面上看，當然可以置放在帝國主義對第三世界擴張的脈

23 顏元叔，〈論歐立德的詩〉，《文學批評散論》，頁八七—八八。
24 關於顏元叔對台灣現代詩的批評，參閱陳芳明，〈細讀顏元叔的詩評〉，《詩與現實》（台北：洪範，一九七七），頁九—四〇。

絡來觀察。不過，在施與受之間並非只是機械式的權力支配。如果以艾略特的詩論來考察，當可理解傳統與現代之間的關係，並非永遠還停留於上游對下游的支配。同理可證，第一世界與第三世界之間的文化結構，並不必然存在著上游與下游的對立關係。從余光中與顏元叔立下的兩個範式，似乎能夠發現艾略特的文學意義在台灣被接受時，就已經開始發生翻轉的效果。一九三〇年代的艾略特，在六〇年代的台灣已經變成被解釋的艾略特。他的風貌，已不再是歐戰之後的荒蕪與否定。經過台灣的詮釋，艾略特的詩與詩論反而變得更具積極的意義。余光中藉他來修正自己的詩觀與詩藝，顏元叔則通過他來建立台灣文學批評的理論。余光中與顏元叔顯然是被影響的一方。然而，透過台灣詮釋的洗禮，艾略特不再是艾略特，但在台灣反而產生新的生命力。

新批評的在地實踐

在接受艾略特的過程中，余光中與顏元叔的實踐並不盡然相同。但是，在一定程度上，兩人顯然都選擇艾略特尊重文學傳統的詩觀。具體而言，〈傳統與個人才能〉的論點都是他們共同服膺的。至於艾略特對於西方文明危機的焦慮，對於現代工業社會所採取否定的態度，余、顏似乎都迂迴避開。這種選擇性的接受，使艾略特在台灣文壇的演出，幾乎都是以正面、明朗的形象登場。余光中與顏元叔乃是富於積極的、主動的作者，是在現代主義運動中扮演開疆闢土的領導者。在他們的文字裡，往往傾向於使用肯定的、救贖的語言。因此在翻譯艾略特時，比較不會注意他詩中的負面字眼，例如 no, neither, without, less, unspoken, cease, decease, avoid, deny, do not, cannot。這些負面字眼，在中文的艾略特大部分隱匿不見。

余、顏特別藉艾略特作品來強調現代與傳統的有機聯繫，也許是由於受到時代文化氛圍的影響。在一九六〇年代的台灣，整個政治氣候還是停留在封閉、保守的階段，尤其是古典文學與五四傳統仍然支配文學思維之際，文壇可能還未準備好接納一位叛逆、激進、批判的詩人。兩位翻譯者在介紹艾略特時，著重現代詩與傳統的銜接，似乎比較能夠得到當時台灣文壇的首肯。這並不意味他們是傳統主義者，更不表示他們怯於為現代主義運動展開辯護。恰恰相反，他們優先採取穩健立場，站在傳統的位置為現代主義發言，或許可以贏得更為有利而又有力的出發點。他們都不能視為革命者，而毋寧是文學上的合法改革者。他們發言的主調，是屬於因革（change within tradition），不是劇烈的變革。不過，回顧整個現代主義運動的過程，余、顏兩人在那個階段都是收穫最為豐碩的。尤其是余光中，在現代與傳統之間找到平衡的位置。開啟他日後極高明而道中庸的詩風，未嘗不是與他翻譯艾略特有某種程度的呼應。

余光中的翻譯會凸顯艾略特傳統的一面，自然與他個人的詩藝與詩觀有著緊密的關係。

從一九五九至一九六二年之間，余光中在新詩論戰就已經高舉傳統的旗幟。他在一九五九年寫下的詩論〈新詩與傳統〉，頗有艾略特的意味。他說，現代文藝是反理性的，這種理性則是源於被壓抑的欲望或是全民族的記憶之潛意識[25]。這種依據佛洛依德理論的說法，頗能表達余光中文學中的傳統之定義。在這篇文字裡，他清楚界定自己的立場，擁護傳統並不是恢復撰寫舊詩，而是對舊詩的美學能夠接受。現代詩人依賴傳統，也開創傳統，並且重新解釋傳統。所以，余光中在文章裡說：「艾略特的創作，像杜甫的一樣，幾乎要做到無字無來歷。」

現代主義的創新，對余光中來說，往往與傳統並行不悖。傳統文學能夠流傳下來，並不在於它的舊有形式，而在於它本身所具備的現代精神。詩中的審美，可以與現代進行對話。然而，傳統如果要能夠繼續延長生命，就必須藉現代詩的形式傳播它既有的「現代精神」。余光中特別強調，艾略特的詩「緊張且富律動」，除了訴諸傳統之外，還勇於創造新的語言。尊重傳統的艾略特，大膽嘗試各種語言的實驗，非常不純淨，他的詩不僅文白夾雜，甚至英文與法文、德文、義文、梵文交相夾纏[26]。在語言的議題上，余光中固然有他自己的覺悟，不過，他與艾略特的接觸恐怕也得到更大的啟示。自艾略特以降的新批評運動，語言與文字往往受到最大的關注。唯有語言，才能負載現代的精神。創新的語言若是不敢試驗，則新的形式與內容無從誕生。

正是在語言的技藝上，余光中在現代與傳統之間的出入得到穩定的立足點。凡是熟悉一九六〇年代散文理論者，都很清楚余光中是那個時代的少數奠基者。即使在今天，他的論點仍然還是不斷被引述。他在一九六四年發表〈下五四的半旗〉，充分表達對胡適白話文運動的高度不滿。他的不滿是，「五四文學最大的成就，是語言的解放，而非藝術的革新。」相形之下，余光中指出，文藝復興的但丁（Dante Alighieri），浪漫運動的華茲華斯（William Wordsworth），現代小說的海明威，現代詩的艾略特，「他們不但放逐了舊文字，抑且創造了新文字，不但是語言的革命家，抑且是語言的藝術家。」[27]

他對語言問題保持犀利的觀察，不僅源自艾略特的啟發，而且還來自他對新文學運動的個人史觀。他尊崇五四，同時還要改造並超越五四。具備這樣的雄心，他終於提出相當經典的一段發言：「我嘗試把中國的文字壓縮、搥扁、拉長、磨利，把它拆開又併攏，摺來且疊去，為了試驗它的速度、密度和彈性。」[28]一個現代詩人會從語言層面進行改革，於今看來

25 余光中，〈新詩與傳統〉，《掌上雨》，頁一一六。
26 余光中，〈談新詩的語言〉，《掌上雨》，頁五五。
27 余光中，〈下五四的半旗〉，《逍遙遊》（台北：文星，一九六五），頁二。
28 余光中，〈後記〉，《逍遙遊》，頁二〇八。

並不稀罕。但是，考慮到一九六〇年代的閉鎖政治環境，他的散文改造論誠然帶有一些叛逆的意味。這種沒有聲音的革命，對日後台灣文學的發展，可以說開啟無窮的暗示。這種新語言的立場，使他開始一方面創造現代散文，一方面建構散文理論。不僅如此，他在詩藝方面，也進行了大膽的實驗。散文的《逍遙遊》，預告日後余光中的豐收季。《望鄉的牧神》（一九六八）、《焚鶴人》（一九七二）、《聽聽那冷雨》（一九七四），為台灣散文書寫鑄造了瑰麗的碑石。現代詩的《蓮的聯想》（一九六四），終於引渡他豐饒的想像，而到達《敲打樂》（一九六九）、《在那冷戰的年代》（一九六九）、《白玉苦瓜》（一九七四）的飽滿圓熟階段。艾略特的譯介，可能不是余光中語言變革的主因，但是作為重要的借鏡則不容否認。或者說，沒有艾略特，六〇年代的余光中的轉變會不會表現得如此自信，當值得深入探討。

在《逍遙遊》文集裡，有一篇最長的卻又受到最多忽視的論文是〈象牙塔到白玉樓〉，專注分析唐朝詩人李賀的作品。這不僅是一篇上乘而濃縮的唐詩發展史，而且是一篇以精練的現代語言解讀古典詩的絕美批評之作。這篇論文無疑是接受艾略特〈傳統與個人才能〉的召喚，以著東方心靈對中國古典的再詮釋。論文中不斷引述艾略特的詩與詩論來對照李賀與唐朝詩人的藝術成就。在反覆求索的文字中，余光中的詩觀遙遙與二十世紀初期的艾略特展開對話[29]。

另一篇同時受到遺忘的論文〈鴉・鳳・鶉〉，是絕佳的散文技巧論。余光中再度引用艾略特，為散文的現代語言藝術做恰當的詮釋。他為傳統一詞做了深刻的解釋，無疑是為艾略特的文學觀申論雄辯。這篇文字又一次點出：「艾略特在他的詩中展示了物我交替，今昔相成的表現技巧。前者即所謂objective correlative，後者即所謂juxtaposition。關於後者，艾略特的目的是想藉今昔的對照，暗示現實的荒蕪和卑瑣，與想像的繁華和宏偉間的戲劇性的緊張，其間蘊含的是失望，是幻滅，也是諷喻（irony）。」[30]這是余光中對當年文壇熱烈辯論「文白夾雜」的問題做出回應，如何使文學推陳出新，就在於如何靈活運用古典與現代，也在於如何使物我之間交替和諧。這是艾略特的東方詮釋，特別是一九六〇年代台灣的詮釋。余光中的文字富於彈性，酷嗜主動進取的語言，文學氣勢頗具侵略性（aggressive）。這樣的表達方式，顯然不是艾略特能夠比並的。然而，通過翻譯的艾略特，余光中的文字反而更有說服力。能夠完成這樣的演出，恐怕不是艾略特所能預見。

從事文學批評的顏元叔，對於台灣文學的貢獻自然與余光中有截然不同的差異。日後的顏元叔從事雜文書寫，在散文理論與實踐方面也不能與余光中相提並論。不過，在新批評的運用，則是那個時代最為醒目，也是擴張批評版圖最為積極的一位。在新批評的傳統下，他

29 余光中，〈象牙塔到白玉樓〉，《逍遙遊》，頁六二—九六。
30 余光中，〈鴉・鳳・鶉〉，《逍遙遊》，頁五八。

對語言文字的敏感，未嘗稍遜於余光中。

對傳統的認識，顏元叔也是站在艾略特的同樣立場上，一再闡釋「過去的不僅屬於過去，而且屬於現代」[31]。比起余光中，他盡職而深入譯介艾略特的全部詩作。對於台灣讀者而言，如果要理解艾略特，顏元叔可以說提供了一個階梯與門檻。對於詩的語言與字質，他尤其重視。這當然是受到艾略特與新批評的引導。在這個認識的基礎上，顏元叔為一九六〇年代的台灣文學開啟一個批評的時代。在他之前，夏志清、余光中已經有了初步的成就，但真正把文學批評視為一個專業，當始於顏元叔。

就像艾略特主張詩人應具有歷史意識，顏元叔也對傳統表達高度的尊崇。然而，在語言議題上，他卻與余光中分道揚鑣。有豐富創作經驗的余光中，經過長期的實踐，已無懼於文白夾雜的體式。顏元叔對於文白夾雜則完全不能贊同。他說：「我以為現代詩應該繼續猛力向口頭語進軍，不應該退守在文言文與白話文交界之黃昏區域。當我們不得不引用文言文時，我們應當清楚了解可能的效果，而始終記住文學與口頭語之間互相的利益與職責。」[32]這是他介入蓬勃現代詩運動之際所提出的主張，而這樣的主張顯然也偏離了艾略特的傳統論。具體而言，顏元叔是實踐新批評理論最為徹底的工作者，但是他的運用不必然都要遵循既有的規範。

新批評的擴大實踐，使台灣現代主義運動注入一股新生命，從而也使詩人對於語言使用的覺悟更為深化。顏元叔雖然主張口頭語的絕對運用，但是，他還是主張這種語言必須經過提煉，「將鬆散化為稠密，將膚淺化為深刻，將粗糙化為細緻。」這種說法與余光中試驗中國文字的速度、密度與彈性，遙相呼應，只是對於文言文的滲透無法苟同。縱然如此，他並不反對現代詩人在作品中適度用典。在介紹艾略特的用典時，他認為就像杜甫那樣，「典故本身自帶著描敘解說的功能，讀者即使不諳其典故的出處與原委，只讀字面意義，也可達到某種程度的體會與欣賞。」[33]幾乎可以發現，這樣的詮釋已逐步使艾略特的面貌朝向在地化的改造。

以傳統新批評理論自命的顏元叔，在一九六九年完成長文〈朝向一個文學理論的建立〉，企圖追求一個適用於台灣文學狀況的見解與主張。他開宗明義宣稱自己的文學信條，一是文學是哲學的戲劇化，一是文學批評人生。細讀全文宗旨，仍然沒有擺脫艾略特的影子。前者來自艾略特的詩劇，後者來自艾略特的長詩如〈荒原〉與〈四首四重奏〉。在這篇論文裡，顯然有意把艾略特的文學觀念完全轉化成為屬於台灣的文學理論。這篇論文的誕

31　顏元叔，〈論歐立德的詩〉，頁六五。
32　顏元叔，〈對於中國現代詩的幾點淺見〉，《文學經驗》（台北：志文，一九七二），頁七五。
33　顏元叔，〈歐立德的文學理論〉，《文學經驗》，頁二六二。

生，乃是鑑於文學在台灣往往被視為休閒運動，而不是高度藝術與哲學的追求。並且也鑑於當代的豐富人生經驗欠缺「轉化為客觀的與通性的經驗」。

在文學批評人生的議題上，他引用艾略特的無我論（impersonality）。顏元叔的解釋說，無我「即是以時代的人格為作家的人格——文字不是用來發洩一己的情緒，而應為時代的精神的表達。故作家之無我，即是時代之有我」。把無我與時代精神銜接起來，完全是屬於顏元叔的詮釋。或者說，這種擴大的解釋，反而使艾略特更適用於台灣。

為了使新批評具體實踐於台灣，顏元叔同時展開雙軌的批評計畫，一是對中國古典詩進行細讀分析，一是對台灣現代詩著手批判與建言。他的重要貢獻，應該對當時的現代詩運動產生相當分量的影響。細讀（close reading）的引介，顏元叔是最早的提倡者。這種閱讀方式，確實使文學批評取得它應有的位置，使過去許多印象式批評，或讀後心得的文字，逐漸讓位於新批評的細讀。以細讀為基礎，他在現代文學的批評完成了〈對中國現代詩的幾點意見〉、〈余光中的現代中國意識〉、〈梅新的風景〉、〈細讀洛夫的兩首詩〉、〈羅門的死亡詩〉、〈葉維廉的「定向疊景」〉、〈白先勇的語言〉、〈筆觸・結構・主題——細讀於梨華〉、〈苦讀細品談「家變」〉[34]。密集的批評文字，使風氣為之一開。在戰後台灣，文學批評終於在文壇、在學院建立了初步的紀律，顏元叔可謂功不可沒。

然而，大量生產最後竟稀釋了他的批評力道。一九七二年新詩論戰崛起後，他開始偏離新批評的精神，同時也投入雜文專欄的撰寫。顏元叔在一九七八年出版最後一冊文學批評時，無異與他十年之間提倡的新批評全然劃清界線[35]。挾帶艾略特氣勢登場文壇的顏元叔，在一九八〇年代之後是以雜文作家的形象存留在歷史記憶之中。不過，他主張的新批評，以及鼓吹的細讀方式，確實使台灣文學批評更上層樓，打開了全新的格局。

原題〈翻譯的艾略特：台灣文學對新批評的接受〉，「第二居文學傳播與接受國際學術研討會」宣讀論文，二〇〇六年三月二十四—二十五日。

34 這些文字全部收入顏元叔，《談民族文學》（台北：臺灣學生，一九七三）。

35 顏元叔在台灣文壇留下的最後一冊文學批評是《社會寫實文學及其他》（台北：巨流，一九七八）。

吳濁流與戴國煇

一、文學與歷史的交會

客籍作家吳濁流（一九〇〇—一九七六）是新竹北埔人，客籍學者戴國煇（一九三一—二〇〇一）是桃園平鎮人。一九六〇年代末期，兩人在日本的相會，意味著台灣文學與台灣歷史對話的一個起點。客家文化的背景，使兩人都具有強烈的硬頸精神；也使兩人在台灣社會所處的邊緣位置特別敏感。吳濁流的殖民地經驗相當完整，對於台灣社會受到帝國權力的干涉，可謂嘗盡苦辛滋味。出生於殖民地後半葉的戴國煇，曾經受過日本的小學教育，也非常明白殖民權力的幽微變化。兩人的年齡差距三十年，對於時代的感受以及對於歷史的認知，固然有重疊之處，但也有相互差異。戴國煇在一九五五年便赴日留學，可以說是戰後台灣知識分子留學日本的第一代。兩人的日本經驗是他們對話的共同基礎，但是，吳濁流熟悉的是殖民地時期的日本，而戴國煇所理解的，是戰敗後重新復甦的日本。因此，他們的相遇無論是歷史觀或政治觀，確實存在相當大的歧異；從而在對話時所形成的歷史縱深，具有一種令人著迷也使人苦惱的魅力。

吳濁流與戴國煇真正展開深刻的交往，應該是在一九七〇年代初期。當時吳濁流有三本日文作品將在東京出版。在斡旋商談的過程中，戴國煇從旁協助，居功厥偉。《夜明け前の台湾：植民地からの告發》（東京：社會思想社，一九七二）、《泥濘に生きる：苦悩する台灣の民》（東京：社會思想社，一九七二），與《アジアの孤兒：日本統治下の台灣》（東京：新人物往來社，一九七三）。以這三本文學作品的出版為基礎，構成吳濁流與戴國煇相互對談的基調。吳濁流文學所投射的歷史長影，橫跨從日據時代至戰後一九六〇年代的發展過程；一方面彰顯殖民權力的氾濫與傲慢；一方面則在探索台灣住民文化認同的困惑與艱辛。他對歷史的觀察與感受，來自實際的生活經驗與生命實踐。戴國煇是一位典型的歷史學者，縱然接受過日文教育，但他思想成熟時，已經在日本從事研究工作。他對歷史的認識往往通過文獻史料的解讀，在思想上形成自己的歷史觀點。他的專長是台灣糖業史的發展研究，可能是這個領域的開山第一人。因此，在回顧歷史經驗時，吳濁流與戴國煇的感受確實有極大差異。

文學需要象徵、暗示、隱喻的技巧，在歷史縫隙中填補恰當的虛構故事。但是，文學虛構有時也可以在歷史現實中找到原型。歷史研究固然也需要想像，卻必須貼近文獻史料所鋪成的事實痕跡。史家在事實與事實之間，嘗試建立有機的聯繫；無論如何貼近史料文獻，最後所得出的史實也不免是經過解釋。後設歷史學非常明白指出，所有的歷史發生之後，便只剩下痕跡；文字不再是事實本身，而是屬於後設的建構。歷史意義的產生，往往是經過後人的解釋才慢慢建立起來。同樣都是屬於文字書寫，文學必然就是虛構的嗎？歷史就必然是事實嗎？文史之間的鮮明界線，似乎越來越趨於模糊；但是，實際的經驗有時比文字記載還來得強悍有力。本文在此細緻分辨文史的差異，並不意味著吳濁流與戴國煇的對話不能成立。必須特別指出的是，吳濁流從一九〇〇至一九四五年的完整殖民地經驗，並不必然要依賴史料。作用在他身體上的帝國權力，以及因此而造成的傷痕記憶，無可懷疑，日後都成為他文學創作與文學想像的豐沛泉源。戴國煇所認識的日本，是經濟正在復興的戰敗國。他的歷史感覺結構，基本上是資本主義正在崛起所形塑的語境；但並不因為如此，便失去對日本曾經殖民台灣的記憶。他所從事的糖業研究，最能點出資本主義與帝國主義在台灣海島上所造成的傷害。具體而言，吳濁流的歷史傷害來自他的身體與時代的相互碰撞；戴國煇所認識的歷史傷害，則是透過豐富龐雜的閱讀，而建構起他的歷史想像。

戴國煇所閱讀的吳濁流，是他在日本所出版的三本作品。吳濁流的龐大書寫與複雜生命，對於在日本留學的戴國煇，也許只是冰山一角，無法全面掌握。他所閱讀的《亞細亞的孤兒》、《黎明前的台灣》、《無花果》，誠然屬於吳濁流的經典。這三部作品分別寫於太平洋戰爭末期、二二八事件之後，以及一九六〇年代白色恐怖臻於高峰之際。環境之險惡，也許不是在日本的留學生可以確切體會。歷史觀會出現落差，端賴解釋者所處的語境，而這往往是由世代的差異、社會的分歧，與權力的強弱所構成。基於這樣的認識，吳濁流與戴國煇之間的過從，確實為後來的文學解釋與歷史解釋帶來了無窮想像。

二、吳濁流的文學世界

台灣殖民地現代性的形成，是日本資本主義與帝國主義的交錯融會。台灣歷史開啟現代化運動的第一章，就已注定不是出自台灣住民的主觀意願；而是以被迫接受的方式，來鞏固殖民地的統治地位。因此第一代知識分子在受教過程中，從來沒有預期歷史會以最快的速度，使文言文的古典文學傳統式微，並強迫他們接受與母語毫無相干的日語教育。語言本身是屬於價值中立的工具，但是在殖民地卻成為政治權力的表徵。從文言文的漢語過渡到日本近代語言，中間出現一段文化真空。要解釋這種文化真空，似乎可以參照晚清文學過渡到五四文學的歷史過程。晚清的中國書生面對西方帝國主義的侵略，便已覺悟一個新的時代即將降臨。在痛苦中，他們嘗到現代文明的苦澀滋味。為了適應全新的歷史衝擊，他們已經知道文言文已不足以容納新的事物，尤其是來自西方現代社會的各種知識價值觀念。詩界革命的誕生，在於反映晚清書生的警醒。他們知道文言文必須加寬容納與承載的能量，使舊式語言獲得改造，以便注入新的知識觀念。民國崛起後，詩界革命的節奏，完全趕不上現代化開展的速度。中國知識分子在語言觀念上開始鬆綁，也有了深刻的覺悟，唯有接受現代化的白話文，才有能力接受現代化的新事物。文學革命終於取代了詩界革命，使歷史的過渡階段不致產生真空。相形之下，淪為殖民統治下的台灣書生，從未預見文言文的實踐急遽喪失使用空間，並且直接被推入日語教育的環境。台灣社會沒有經過詩界革命，也沒有經過白話文運動。那種失語的痛苦，只有殖民地知識分子才能確切理解。

誕生於世紀之交的吳濁流，正好被置放在這段前後失據的過渡時期。他對古典文學懷有強烈的鄉愁，而對於日語教育又抱持某種生澀的憧憬。這說明為什麼在日後介入新文學運動時，他對古典文學與古典歷史總是不時投以深情回眸。他的世代究竟應該劃入賴和的知識啟蒙時期，還是應該劃歸楊逵的文化批判漸臻成熟的時期？依照他的年齡，也許他的時代不易定位。不過，吳濁流的第一篇小說發表於一九三六年，正是台灣文藝聯盟到達盛況的年代。從這個事實來看，他也許不是屬於啟蒙者，而是文學的實踐者。從事小說創作之餘，他從未忘情古典詩的經營。具體而言，他是傳統價值觀念的捍衛者，也是現代文化的批判者。這種平衡的思維，構成他個人的主體。他所留下的古典詩，對於明代以降的台灣文化懷有無盡的眷戀；而他所寫出的小說，則傾向於寫實主義。對於殖民者的權力氾濫，表達最大抗議。在他的文學世界，確實存在一個定義鮮明的文化主體。一方面能夠吸收傳統文化的優點，一方面也能接受現代化運動的進步；然而，他對於傳統文化的腐敗面，對於殖民統治的黑暗面，也都能夠具體而深刻地劃清界線。他最早的兩篇日文小說〈水月〉和〈泥沼中的金鯉魚〉，都發表在楊逵主編的《台灣新文學》，就已經相當鮮明地具有批判意識。尤其是他的女性觀，在一九三〇年代作家中，相當引人注目。從思想光譜來看，他具有素樸的左翼思想，也有素樸的女性意識。

〈水月〉這篇小說是在描述一位台灣知識分子的沒落，他經過結婚、生子，又擁有一份穩定的職業；但是殖民地制度的隔離，使他永遠陷在現實生活中掙扎。這種制度上的壓制，使他的巨大夢想永遠無法實現，而被迫日日夜夜處理細碎的生活瑣事。〈泥沼中的金鯉魚〉則是描述一位現代知識女性的覺悟。她在成長過程中，便不斷抗拒納妾的物化傳統，堅決抵抗金錢的買賣婚姻，也抵抗傳統女性的宿命。這位女性終於覺悟，在價值混亂的殖民地社會，只有一條出路，她選擇加入當時的台灣文化協會，成為反日運動的一個成員。吳濁流創作這些小說時，正是公學校的教員。他並未因擁有穩定職業而偏離自己的理想，也不因為享有穩定生活，而遺忘對殖民文化的批判。他的主體身分，經過這種直接衝撞而呈現出來。他在太平洋戰爭時期完成的《亞細亞的孤兒》，也許可以視為一種自傳性的書寫。書中主角胡太明，並不必然就是吳濁流的化身。這部長篇小說，描述台灣知識分子在文化認同上的錯亂，毋寧可以視之為殖民地時期的文化現象。有太多知識分子企圖改造自己的人格與身分，以求得更好的待遇，或更健康的尊嚴。但是小說外的作者，自始至終從未動搖他的文化主體。但是無可否認的，吳濁流的主體意識其實帶著強烈的孤兒意識。縱然具有旺盛的抵抗與批判意志，其背後卻沒有一個龐大的政治力量在支撐，而必須以他的肉身，與殘酷的歷史相互纏鬥、交鋒。小說中所留下的累累傷痕，正好暗示了吳濁流內心的幽暗與孤獨。

胡太明的一生經過四次流亡。第一次使他認識到殖民地體制成立的事實，使他無法繼續接受漢學教育。第二次發生在他的初戀，他對日本女性同事產生愛意，卻因種族上的不同而遭到拒絕。第三次流亡，是到日本留學被中國同學會拒絕，並被視為是中國派來的間諜。第四次流亡是戰爭爆發以後，他的台灣人身分同時受到日本人與中國人的懷疑。《亞細亞的孤兒》所寫最動人的一段，便是他藉著書中一位朋友的談話表達出來：

歷史的動力會把所有的一切捲入它的漩渦中去。你一個人袖手旁觀恐怕很無聊吧？我很同情你，對於歷史的動向，任何一方面你都無以為力，縱使你抱著某種信念，願意為某方面盡點力量，但是別人卻不一定會信任你，甚至還會懷疑你的間諜，這樣看起來，你真是一個孤兒。[1]

這是殖民地台灣人的歷史處境，他們淪為日本臣民，並非出自個人意願。歷史巨大的漩渦把他們沖刷到毫無靠岸的大海；所有岸上的旁觀者從未施予援手，寧可任其漂流浮蕩。文化認同失去根源，是殘酷的歷史條件所造成；縱然這本小說帶有自傳的意味，其中也築起許多虛構的橋段，卻相當真切地刻畫了台灣人的失落情境。這樣的孤兒意識，由吳濁流的真實歷史經驗釀造出來，在台灣文學作品中非常醒目，說出許多作家所說不出的深沉語言，成為殖民地歷史的雄辯證詞。孤兒意識所指控的，並不只是針對日本統治者，同時也是對當時中國社會的冷酷無情予以強烈揭露。但是，這又是一部台灣知識分子的深沉反省。因為，他也見識許多同輩的懦弱知識分子，在關鍵時期都恰巧顯露行動未遂症。歷史的形成，不能只是片面考慮自己的感覺，而應總體地把所有歷史力量納入細緻的思考。吳濁流所討論的歷史，並不只是孤立在台灣。他站在東亞的角度，同時觀察日本與中國，並且也進一步反思台灣知識分子的心理狀態。台灣近代史的形成，是由各種歷史力量相互衝擊而成。《亞細亞的孤兒》一書的命名，相當精確點出吳濁流個人的歷史位置。把整個亞洲地圖攤開，可以看到一個孤單的身影，不止不休地尋找歷史答案。在極大的亞洲歷史力量，對照著極小的台灣個人命運，構成了這部小說的氣魄與格局。

這部小說是在戰爭陰影下的時代危疑時期，一字一句，一紙一頁緩慢而祕密的完成。其中的微言大義，準確刻畫跨越兩個時代台灣知識分子命運的考驗。胡太明最後終於發瘋，不就是對違反個人意志的政治權力表達最大控訴？文化認同的精神分裂，正是戰後台灣知識分子從來沒有獲得健康治療的病症。因此這本書以日文在東京出版，使吳濁流的內心抗議從台灣延伸到日本。他所挺起的姿態，是那樣傲慢，又是那樣不容忽視。他便是以這樣的身姿，

1 吳濁流著，鍾肇政譯，《亞細亞的孤兒》（台北：前衛，一九九四），頁一八一。

在一九七〇年與戴國煇在東京相遇，而戴國煇也是一位傲慢的知識分子。歷史研究者戴國煇，長期考察殖民地體制的演變，對於日本帶給台灣現代化的神話，堅決抱持批判的態度。他們都是站在殖民地現代化神話的對立面，也因此心靈與心靈的對話，能夠很快就建立起來。

但是，戴國煇所理解的吳濁流文學似乎也只停留在他的三部日文作品，在一定的程度上，兩個人對台灣政治現實的認識，以及對歷史發展的觀點，畢竟還存在著差異。從一九五〇年代至一九九〇年代，戴國煇一直生活在言論自由的日本，而吳濁流終其一生都留在台灣。他的歷史觀完全是由日據殖民時代與戰後戒嚴時代所鍛造而成，他在一九七六年離開人世時，台灣社會猶停留於戒嚴時期。整整一生，他從未享有過言論自由；不僅如此，他的思想一直受到檢查，甚至有關二二八事件記憶的作品《無花果》還遭到查禁。他去世後，由張良澤為他編輯六冊的《吳濁流作品集》，其中的《波茨坦科長》一書也被禁止發行。確切地說，從生前到死後，他從未嘗到言論與思想解放的滋味。因此，他所建構起來的台灣史觀，自然而然與在日本擁有開闊言論境界的戴國煇有很大落差。遠離台灣回顧歷史時，可以完全從嚴酷的政治現實抽離出來。在臧否月旦歷史人物時，可以站在較為客觀的位置。因此，在理解吳濁流時，戴國煇較為集中地考察日據時代的殖民地經驗，而這樣的經驗正好都容納在三本日文專書裡。吳濁流在死後才出版的《台灣連翹》，並沒有受到戴國煇的注意。這是他生前的最後一部著作，也是牽涉戰後政治發展的一冊重要記憶。他留下遺言，必須在死後十年才能譯成中文，付梓出版。如果要討論吳濁流的歷史觀，就不能忽略他的最後遺作，畢竟他有滿腔的深沉語言，必須發抒出來，作為畢生志願的實現。有關《台灣連翹》，他特別指出：

我在《無花果》裡只寫到二二八事件，以後的是沒有勇氣繼續詳細寫下。即使有這勇氣，也不會有發表的勇氣，因為把二二八事件的時候出賣了本省人的半山的行為誠實地描寫下來，那麼我不但必受他們懷恨，而且還大有遭他們暗算之虞。

然而，在那樣不寬容的時代，吳濁流仍然鼓起勇氣，決心把他未完成的記憶建構繼續完成。他的理由相當雄辯。他說：

如果不把二二八事件的事寫下來，則我的著作《無花果》與《瘡疤集》之間缺乏有力的作品，時間上有了空白，不免自覺有所不滿。平心以言，二二八事件後的民國三十六年起到民國三十九年初這段時間，是社會最亂的期間，最多光怪陸離的事件。此事若不寫，便是功虧一簣了。為此我寫下了《無花果》的姊妹篇《台灣連翹》，以為《無花果》

之續，填補上述的空白。2

《無花果》與《台灣連翹》縱然是屬於個人的生活記憶，但書中的每一個事件人物細節，都相當緊密地與歷史力量聯繫起來。個人的感受可能極其渺小，但是文學畢竟是一個特定社會與特定時代共同記憶的表徵。書中所湧起的情緒起伏動盪，也正是整個社會心情的縮影。其中所揭露的事實，在官方檔案裡根本不可能存在，而在詩人書信裡也很難容許表達。有關台灣半山與陳儀政府的聯手合作，至今還沒有人正式嚴肅討論，因為戰後初期的政治體制，與後來漫長的戒嚴政治有著相當細緻的關係。吳濁流勇敢把半山政客出賣朋輩的事實挖掘出來，讓後人見證黑暗歷史中極為醜陋的一面，正是在這點上，與戴國煇日後討論二二八事件時，所提「共犯結構」的解釋，可謂不謀而合。

《台灣連翹》的中譯本是由鍾肇政在一九八七年翻譯出版，而且是在海外首先發行。在後解嚴的初期，二二八事件仍然是一個高度禁忌；但是在台灣內部的年輕世代，已經針對這個事件呼籲平反的要求。吳濁流生前的遺作竟成為台灣社會面對歷史的最早預告，而且他所保留的黑暗記憶，一旦暴露在陽光下，頗使後人感到震撼。吳濁流之所以致力於這段歷史記憶的重建，主要是他不能接受官方對於事件的壟斷解釋。他並不認為用中華民族主義，或是官方反共政策，就可具體呈現事實。在歷史上嘗盡精神流亡滋味的吳濁流，無法忍受歷史記憶繼續流亡。作為揭露事件內幕的第一人，他所遺留下來的文字，無非是要讓漂流的記憶回歸到自己的土地。歷史既然是由島上的住民共同創造出來，其解釋權就不能由後來的官方政權或意識形態肆意扭曲。吳濁流以文學形式來建構歷史記憶，在當時可能無法彰顯其影響作用，但是埋藏在幽暗時光中的事實，一旦撥雲見日之後，對台灣文學的生態立即帶來無窮盡的衝擊。在一九九〇年代，東方白寫出《浪淘沙》的大河小說，李喬擘建的《埋冤一九四七》，以及鍾肇政書寫的《怒濤》，都不約而同以二二八事件作為歷史小說的主題。他們全力以赴的，便是要恢復台灣歷史記憶；而這樣的行動，也無非是要向吳濁流所投入的歷史工程頻頻致意。

吳濁流對台灣文學的貢獻並不只是停留在文學層面，他所完成的《亞細亞的孤兒》、《無花果》、《台灣連翹》，都是緊緊貼著歷史脈絡的主軸，逐步連接起來。第一部寫的是一八九五年日本來台統治，終止於一九四五年太平洋戰爭末期。第二部的主要內容始於日據時代的台灣社會，止於戰後一九四七年二二八事件的爆發。第三部則是以二二八事件為起點，繼續描述戰後台灣社會的生活實態與知識分子的精神面貌。三部合觀，等於是拉開歷史巨幕，使將近百年在島上的歷史變化重新登上舞台。其中埋伏著一個重要觀點，便是對現代化

2　吳濁流著，鍾肇政譯，《台灣連翹》（台北：前衛，一九九四），頁二四一。

運動的批判。台灣社會之接受現代文明，並非是由島上住民以自主意願去追求，而是在殖民權力支配下被迫接受，整個社會所經歷的現代化過程，從來沒有照顧到台灣人民的意願，反而是所有手無寸鐵的台灣住民，被驅趕去支援殖民者的現代化工程。資本主義終於在台灣開花結果，但是承接果實的竟是遠在東京的日本帝國。戰後以來，有許多坊間的歷史研究者，為了對抗國民黨的威權統治，竟選擇去歌頌日據時期的現代化運動，這種為了對抗現實政治的歷史解釋，顯然無法協助台灣社會建立健康的主體性。在錯誤的歷史事實上，製造另一個錯誤的歷史解釋，只會引導歷史投入另一個錯誤的方向。抵抗威權體制絕對是正確的實踐，但是為了抵抗而同意歷史上的威權統治，反而喪失了自我的歷史警覺。吳濁流的文學，正是在昭告後人，在批判國民黨的戒嚴文化之餘，並不必然要性急地擁抱日本人所帶來的現代化價值。

在吳濁流的文學世界，還有兩本重要著作長期受到忽視，一是一九四二年完成的《南京雜感》，一是一九四七年二二八事件之後所發表的《黎明前的台灣》，前者是對中國的觀感，後者則是表現在事件衝擊後的從容態度。吳濁流所看到的南京，是汪精衛政權的首都，在戰爭期間所觀察的中國人生活實態與文化生態，可能是台灣知識分子最為生動的見證。在《南京雜感》的最後，他總結了親身經歷的生活經驗：

粗看會使人有支破滅裂之感的中國，其實仔細觀察時，可以見出偉大而一貫的統一性；如政治上，雖逐漸呈現出近代國家的面目，內容則依然是封建的。例如主從關係、頭目與部下關係、血緣關係、姻戚關係、鄉黨關係，至今仍被看重。不是機會均等，現狀把人才、實力放在第二的。……其中「三舅主義」是自老遠的古代就最受尊重。……所謂三舅主義是國舅、母舅、妻舅的總稱。國舅是皇帝的姻戚，母舅是父親的姻戚，妻舅是自己的親戚。……裙帶關係的確有不可侮的力量。[3]

這段文字顯示，他對中國的再認識，正好反映了他在現代化的洗禮下，所持有的主體觀點。汪精衛政權，事實上是在為日本的侵略中國而服務。《南京雜感》在某種意義上，並不附和日本的權力支配，當然也未曾歌頌在台的殖民體制。他所具備的現代觀點，已經從殖民地身分抽離出來，而以一種普世價值的立場看待中國文化的幽暗面。在殖民地成長的知識分子，很難擺脫殖民者所帶來的主流觀念，以一種超越的態度，並以一種開闊的視野，透視傳統社會的落後與腐敗，無疑是要對自己的社會展開反省。同樣地，《黎明前的台灣》一書，完成於二二八事件的大屠殺之後。書中表現出來的思考，既清醒又超越。他並不容許自己沉

---

3 吳濁流著，鍾肇政譯，《南京雜感》（台北：前衛，一九九四），頁一一九。

浸在傷悲的情緒，也不容許自己停留在苦痛的回味。他有意通過事件的刺激，要「把自己徹底分析一番」，因為他清楚指出，「台灣人是由台灣的歷史與環境培養出來的」。離開歷史脈絡，就很有可能對島上住民所創造出來的歷史產生曲解。因此，書中特別強調：

> 台灣人不但在人為的環境從事鬥爭。在自然的環境也是一樣的；他們經常要抵抗颱風、水災、地震等大自然的壓迫，外加番害。在這種環境之下自然養成反撥力，因而鬥爭心、競爭心特強，於是他們有如虹魄力，意志堅固而富於近取性。4

當他提出這樣的歷史認識時，既不願受到殖民地性格的羈押，也不願受到政治權力的綁架。對他而言，政治與權力是一種文化過渡的現象。它可能造成一定的傷害與挫折，但無法改變台灣歷史的自主發展。他的歷史觀非常清楚，真正的主體便是與所有的政治權力保持疏離，也是以批判的態度介入社會現實。他的入世精神正是整個文學世界的重要支柱，從而延伸出他對歷史的觀察。更為確切地說，他的文學營造誠然呈現象徵與隱喻的技巧，而他的歷史建構則是依賴真正的生活經驗與思想體驗。如果說，吳濁流的文學想像與歷史記憶互為表裡，那麼在他所有的小說故事中，也正是複雜歷史事件的具體縮影。

三、戴國煇的台灣史觀與文學觀

戴國煇與吳濁流的過從，前後大約有十年之久。透過日本作家尾崎秀樹與坂口𤘩子的介紹，在吳濁流訪日時，與戴國煇正式見面。他們書信往來最頻繁的時期，應該是一九七二年吳濁流的三本日文著作於東京出版之際。在出版過程中，戴國煇義務擔任校對、編輯的工作，並且也為《黎明前的台灣》寫日文導讀。兩位客籍知識分子在異國的相遇，不能不說是一個重要事件。一位是時代轉型時期的重要作家，一位是長期居留日本的中國近代史專家。他們的對話，各自背負錯綜複雜的歷史感覺結構。他們之間的共同話題，自然不能脫離殖民地的經驗與現代化的價值。戴國煇的博士論文，是〈中國甘蔗糖業之發展〉，對於近代中國的現代化歷程相當熟悉，從而也牽涉到台灣前近代的現代化經驗。其中牽涉到資本主義在亞洲的擴張，以及帝國主義如何到達中國與台灣。他在日本學界的位置，幾乎可以用「亞細亞的孤兒」來概括。畢竟在殖民地成長的知識分子，要在日本前帝國的歷史陰影下取得發言權，確實必須經過一番掙扎。他終於在學術界建立發言權時，也正好與吳濁流認識結交。

值得注意的是，他為吳濁流寫作品導讀時，才發表一篇重要論文不久，那就是〈清末台

4　吳濁流著，鍾肇政譯，《黎明前的台灣》（台北：前衛，一九九四），頁一一二。

灣的一個考察〉，後來他自己重新改寫為〈晚清期台灣的社會經濟：並試論如何科學地認識日人治台史〉。在這篇論文他特別指出，在日本取得台灣統治之前，晚清就已經在島上展開初步的現代化運動。其中最重要的一個事實，便是日本人的現代化工程並非是憑空造起，而是晚清時期劉銘傳在台灣實施一連串的經濟改革，徹底改變傳統「以防台而治台」的方針，而換取「以防外患而治台」的政策。他的史觀便是把台灣的現代化運動往前推進至少二十年，長期以來有關清代台灣的歷史解釋，大多強調清朝政府的海禁政策，也偏重在台灣是移民社會，並且也強調「三年一小反，五年一大反」的論述。這種歷史解釋基本上是在強調清朝政府是屬於外來政權，未嘗在台灣有過具體的建設。而這樣的看法，似乎助長了日本在台灣的現代化史觀，模糊後人對於前近代台灣的真實認識。戴國煇有意糾正長期存留下來的偏見，更客觀而深刻地接近歷史事實。他的目的是為了抵禦日本統治有功於台灣社會進步的說法，從而使殖民壓迫的事實遭到遮蔽，並進一步製造出日本為台灣帶來現代化的神話。

〈清末台灣的一個考察〉清楚指出，劉銘傳在台的新政，其實是清末洋務運動的一個開端。所謂新政指的是「辦防」、「練兵」、「清賦」、「撫蕃」四大要務。這一系列的變革，便是把中國的邊疆防線延伸到前端的台灣。如果這個歷史事實可以成立，便等於破除清朝海禁政策的說法，使邊疆海島整編到中國的版圖，也使地方分立的台灣納入中央集權的脈絡。戴國煇要強調的是，劉銘傳新政縱然遭到挫折，但是他所遺留下來未完成的現代化工程，無疑已為未來的日本人在台現代化計畫打下基礎。具體而言，戴國煇相當明確建立一個新的歷史看法，便是從晚清時期到日據初期，中間並不是斷裂，而是一種過渡期的移動，日本統治台灣之後，對於晚清的統治極盡醜化之能事，刻意漠視曾經有過的現代化企圖。唯有徹底否定早期的歷史記憶，才能建立日本據台的合法統治。正是在這個歷史解釋上，戴國煇撥開殖民統治所釀造的迷霧，相當精確地對日本人所製造的神話予以漂亮的一擊。

戴國煇對日本現代化運動所採取的批判態度，完全可以理解。但是在一九七〇年代介紹到台灣時，頗受抗拒。這必須回到當時的歷史背景。主要原因在於，台灣的黨外民主運動與鄉土文學運動正在崛起。伴隨著國際社會的衝擊，國民黨的威權體制逐漸受到挑戰。潛藏於台灣社會底層的政治不滿，已經無法接受中華民國的法統觀念。因此，本土意識或主體觀念的釀造，逐漸在黨外運動與鄉土文學運動過程中日趨成熟。從而，一個新的歷史觀也正在開啟。台灣歷史意識也慢慢覺醒。一個前所未有的歷史造像運動，也蔚然展開。參與政治運動與文學運動的知識分子，非常嚴肅地朝向歷史文獻去深刻挖掘，也連帶著開始塑造政治人物或文學作家的傳記。正是處在這樣的一個重要關口，對於日本殖民史的解釋，往往抱持著愛恨交加的複雜情結。其中最重要的一個議題，便是殖民地的現代化運動。坊間的某些史觀認為，台灣社會接受殖民統治時，也同時迎接現代化的正面價值。他們的思維深處，肯定現代化對台灣這個海島的改造。具體而言，這種史觀堅持，台灣社會已經獲得進步的經濟與文化。而這種進步，絕不是落後的國民黨統治可以比擬。如果把這種史觀當作政治運動的一個工具，應該是一種階段性的權宜之計。但是，若把這樣的史觀確立為民主運動的中心價值，則偏離歷史事實過於遙遠。

台灣史觀的建立，不應該是為政治運動或意識形態服務。畢竟，歷史觀點的形塑，必須以貼近事實為基礎。在歷史發生過之後，回頭評估現代化運動，可能無法理解殖民地社會的痛苦與掙扎。日本統治的現代化，若是有功於台灣，恐怕沒有一位日據作家會同意。從一九三〇至一九三七年的台灣作家，如賴和、陳虛谷、蔡秋桐、楊逵、楊守愚、王詩琅、呂赫若、龍瑛宗，都在他們的小說中，揭發現代化所帶來的痛苦。就像賴和所說，「為什麼時代那麼進步，而我們的生活那麼痛苦。」簡短的一個喟嘆，足以道盡現代化的本質與虛構。如果現代化可以歌頌、稱讚，則日據時代台灣作家的歷史位置，究竟要安放在哪裡？台灣意識對抗國民黨體制，在那段時期備極辛苦。但是在發展自主的論述時，不能便宜地依賴殖民者的現代化論述。為了建立主體，竟然投入另一個支配者的懷抱。則所謂主體，就只能繼續扮演課題的角色。舉世滔滔之際，戴國煇對日本現代化的評價，充分表達他政治不正確的立場。即使以我個人而言，當年正涉入海外政治運動，對於戴國煇的史觀也頗有微詞。經過三十年後，重新閱讀戴國煇的《台灣史研究》，才真正發現他的殖民地現代化批判，可謂用心良苦。日本統治者殫精竭慮構築的現代化神話，從來就不能照單全收。他與吳濁流之間的對話能夠成立，就在於兩人批判日本現代化統治的立場同條共貫。

戴國煇指出毫無選擇地肯定日本現代化，簡直就是歌頌日本殖民主義。在建立主體意識時，以殖民者的價值來支撐，反而使台灣意識受到抽梁換柱。這種思想上的冒險，似乎是在洗刷日本人的歷史罪惡。尤其日本人處心積慮改寫教科書，當然寓有粉飾的意味，企圖逃脫應該負起的政治責任。殖民者在脫罪之際，被殖民者不能加入扮演共犯。戴國煇耗盡心力，重新研究晚清的台灣社會，特別強調晚清的台灣稻作與糖業，已經是相當蓬勃發展。而茶葉與樟腦的生產，在世界經濟史上相當可觀。這也是為什麼日本對台灣這塊土地長期覬覦。把日本統治之前的台灣，形容為化外之地或瘴癘之地，是殖民者刻意建立起來的一種政治論述。其目的在於彰顯現代化的功勞，完全來自殖民者的苦心經營。現在可以確切地說，戴國煇所寫的〈清末台灣的一個考察〉，確實是一篇經典之作。

吳濁流在日據時期所寫的短篇小說，便已經透露對日本現代化運動的強烈不滿。尤其是他的長篇小說《亞細亞的孤兒》，極其深刻地描繪台灣知識分子認同的混亂，其中最大原因，便是受到日本現代化論述的介入。一九六〇年代完成《無花果》時，可能有意要挖掘二二八事件的悲劇。但是在那言論受到監視的年代，吳濁流終究還是欲言又止。這部自傳式的告白，充分顯示他對日本統治的不滿。在戰後台灣知識分子之間，吳濁流可能是最早發出內心深層抗議的一位。一九七六年去世後，留下的遺稿《台灣連翹》正式揭發二二八事件的前因後果。這本自傳，有吳濁流個人的歷史考察，他認為事件最大的原因，來自於官吏的貪腐，與用人不當，台灣人受到歧視極為嚴重。然而他並不是孤立地看待這個事件，而是把台灣殖民地政治，與南京汪精衛政權的統治手法相互比較。質言之，吳濁流的史觀，有其連貫性與系統性，而不是用斷裂或抽離的方法來建構歷史。任何歷史的演變並不能只集中觀察其結果，而應該追本溯源，理解整個發展的過程。吳濁流再三回到二二八事件的記憶，無非是為了治療他的靈魂傷痛。但是他的自我療癒不是停留在悲情的控訴，而是寧可以冷靜觀察的態度，對事件前史進行歷史縱深的考察。正是各種不同歷史因素的累積與匯聚，才一步一步導向悲劇的發生。縱然他是一位文學創作者，卻具備了深厚的歷史關懷。他嚴肅慎重的態度，正好與戴國煇所選擇的歷史位置能夠相互對應。

戴國煇為吳濁流的日文作品《黎明前的台灣》撰寫一篇書評，題為〈殖民地統治與人性的破壞〉，特別提到，在日文裡面只有「自分」的表達，而沒有「他分」的思考。「自分」（self）指的是自我，「他分」（other）則是指他者。這是因為面對政治事件或歷史事實時，日本人通常只是考慮到自我的感覺，而從未顧及他者的感受。這種講法，吳濁流在他自己的中文原書《黎明前的台灣》，收入一篇文章〈別人無份的世界猶之乎熄火山〉，也表達同樣的看法。吳濁流讀過日本作者谷村勇的著作《常樂我境》，該書也指出世界上的紛爭煩惱，大部分都是起自只有自我而忘了他者。他從這裡開始引伸殖民統治的真相。他認為，殖民者永遠考慮到自己的利益，從來都毫無顧忌地傷害被殖民者。這種單方面的思考，往往使社會價值傾斜，造成一方受益而另一方受害的結果。這種優越感，總是壓抑許多優秀的人才。其實創造偉大的事業，是以犧牲他者為代價，最後就會造成傷害的慘劇。《亞細亞的孤兒》、《無花果》與《台灣連翹》三冊並置在一起，就是一部連貫而龐大的個人自傳。他深深感受，殖民地知識分子懷才不遇，以至於造成後來的歷史悲劇。戴國煇向日本人介紹吳濁流時，尤其肯定吳濁流的著作，是了解台灣人民感情最好的書。他更精確地指出，二二八事件的遠因，有一部分是來自被統治者台灣人與殖民者日本人的心理糾葛所造成的。在自我與他者之間，台灣人總是被迫站在邊緣位置，或是完全沒有聲音。日本人不斷改寫殖民地歷史的記憶，也常常遺忘台灣人的真實感受。然而，沉默的被統治者，並非表示永遠沒有發言權；可能就像吳濁流所說，他們只是一座熄火山，何時會憤怒爆發，全然不可預期。

戴國煇在一篇文章〈談陳火泉、吳濁流和邱永漢的文學〉，比較三位作家的文學傾向。他說，陳火泉的《道》，是一種表態文學。吳濁流的《亞細亞的孤兒》，是屬於徬徨的身影。邱永漢的《濁水溪》與《香港》，則是一廂情願的想像。這種看法，是非常恰當而得體的評價。不過吳濁流文學，在徘徊猶豫之際，其實懷有理想國的期待。在文化上，他嚮往的是漢代以降的古典傳統；在政治上，他追求一個民主開放的公平社會。在他生前，其理想懷抱未嘗有一天真正實現過。他離開人間時，台灣的民主運動才正要展開。因此在黑暗的歷史隧道中，從未看見盡頭的微光。

在另一篇文章〈如何克服殖民地傷痕：我所認識的吳濁流先生〉，戴國煇就更為深刻地接近吳濁流的文學世界。他不殫其煩地再三表示，殖民地經驗在台灣所留下來的傷害，便是使島上住民懷有強烈的自卑感，永遠都覺得日語說的不夠優越，人格無法與日本人相互比並。他說，台灣的甘蔗，阿里山的神木，被日本人運走，還可以再生長。但是台灣人失去了自我價值的肯定，這種精神上的傷痕，則很難恢復。他從吳濁流的三部自傳體作品可以發現，一直至一九七〇年代為止，台灣人的信心與認同，並未建立起來。他與吳濁流談話時，也發現，這位客籍作家的思考方式，始終跳不出「外省人對抗本省人」的框架。吳濁流的認同態度，不能夠建立自我信心，其實是從殖民地時代遺留下來的。在那時期，戴國煇把台灣的住民視為一個整體，完全不分本省外省。吳濁流把國民黨體制等同於外省人，在那段時期當然可以理解。畢竟當時檢查書籍，查扣雜誌的官方人物，大部分是外省人。在現實環境中，使吳濁流無法掙脫權力的箝制。也因此，在文學中流露他直接的感受。而戴國煇身在日本，可以免去日常生活中的政治干涉，在看待台灣問題時，可以採取較為抽離的態度。不過，戴國煇特別提醒吳濁流，制度與人應該是屬於不同層次的問題。這是相當正確的看法。他對吳濁流的評價有較為確切的看法：

《無花果》是二二八事件前後的歷史見證作品，不應視為反政府作品。我以社會科學的立場來看，吳濁流先生是同年代知識份子作家中，克服了他的殖民地傷痕，在晚年他的確不但在「工具」的觀點上，甚至於在思想層面上，把日本話變成他的手段，他是少數成功的前輩。

一個歷史學者的文學態度，在這段話中表露無遺。換言之，歷史研究與文學審美，其實可以並置，毫無衝突可言。同樣的，吳濁流作為一個文學家，也不會偏離，也不至失去考察歷史的能力。因此戴國煇與吳濁流兩人的對話，典型的呈現一九七〇年代蒼白時期知識分子的心理狀態。在另一篇文章〈我與吳濁流的交誼和他的墨寶〉，戴國煇表達如此的評價：

做為一個紀錄者，吳濁流的作品非常寶貴，可以留下來，因此他有勇氣對日本人說話與記錄，並向日本人告發——日本統治台灣五十年，帶來什麼樣的罪惡！吳老的好處在於，台灣人是有他的悲哀，但這悲哀如何變成新的力量，及應如何奮鬥。

作為一個產量相當豐富的歷史學者，他與知識實踐與思想反省，窮畢生之力來克服殖民地傷痕。無法否認，他對文化中國確實抱有強烈的鄉愁。然而，他真正的關懷最後還是投注在自己的原鄉台灣。他的歷史觀與台灣本土論者保持一種疏離。因為他總是警覺，歷史學不能淪為政治的工具。為了特定的意識形態與政治目的，而扭曲歷史事實，這是他完全不能贊同的。歷史畢竟是解釋出來的，但是在詮釋過程中，還是要沿著事實的跡線去營造。他的清末台灣研究，表面上看來距離政治現實非常遙遠，但是一旦置放在殖民地脈絡去回顧時，對於日本現代化所形成的虛構論述，反而釋放出強悍的力道。對抗扭曲歷史的方式，便是還以真正的歷史面貌。在整個戰後日本的台灣研究中，許多學者仍然還是為殖民史的政治意義在服務。對於他們在台灣所造成的傷害，如果不是以擦拭的方式推卸責任，便是以遺忘的手法徹底脫罪。戴國煇一生研究的重點，側重在台灣糖業、殖民地現代化以及霧社事件。其中的微言大義，在今天看來反而更加鮮明。在研究歷史之餘，又延伸出與吳濁流的對話，在幽微的文學傳記中，他為作家指出一條克服殖民地傷痕的道路。歷史的宏觀態度，提升了吳濁流的文學價值。到今天，戴國煇的精神懷抱，仍然還是暗潮洶湧，難以抵禦。

原題〈戴國煇與吳濁流〉，「戴國煇國際學術研討會」宣讀論文，文訊雜誌社、國家圖書館聯合主辦，二〇一一年四月十五—十六日。

生死愛欲的辯證

——以楊牧《年輪》與《星圖》為中心

《年輪》的藝術

《年輪》出版於一九七六年，楊牧三十六歲；《星圖》付梓於一九九五年，他五十五歲。兩書相距十九年，頗能反映他在中年前後的感情起伏與心境變化。細讀兩部作品，風格非常特殊；既像散文，又近乎詩，文體不易歸類。詩文交融的形式，介於隱蔽與彰顯之間；那種欲說未說的語藝，在楊牧文學中極為罕見。其中道盡歲月的躊躇與生命的執著，又暗藏複雜情感與深層欲望，可能不是訴諸單純的句型或語法就可勝任。

內在情感的蓄積與釀造，需要時間的推移。必須在臻於成熟之際，詩與散文才有可能渲染成篇。情動於中，發言為詩。對楊牧而言，詩亦可衍化成散文。這兩部作品問世時，使許多讀者覺得困惑，未能理解作者的意圖。即使當作散文來閱讀，由於文字密度甚高，意象極度濃縮，與過去的系列散文頗不相近。《年輪》與《星圖》縱然完成於不同年代，卻是探測楊牧深奧生命的典範之作。

抒情傳統並非只能做情感發抒來解讀；而所謂情，也不必然停留於情感層面。楊牧文學能夠產生迷人的引力，就在於經營文字之餘，他還容許讀者深入生命底層，探索其內心世界的強悍與脆弱；也容許窺見埋藏在血脈裡的情欲流動，如何幽微地呈現生與死的相互辯證。肉體腐朽之帶來絕望，幾乎是一切詩人的永恆主題。古典詩人往往傾向於喟嘆時間、季節、歲月之易逝，卻對有生之年的激情愛欲視若無睹。傷春悲秋在抒情傳統中可能負載極為深沉的生命意義，然而充滿勃勃生機的肉體卻反而被排斥在傳統之外。詩人楊牧，在三十歲以後開始以積極態度處理愛欲生死的問題，為台灣的抒情傳統注入可觀的萬千氣象。尤以《年輪》與《星圖》二書，坦然揭示他的生命觀與身體觀，勇於面對許多詩人與散文家長期規避的議題。

《年輪》落筆的年代，始於一九七〇年，終於一九七五年，完全使用札記與筆記來書寫。看似散漫的文字，卻有深刻的關切埋伏其中。全書分成三章：〈柏克萊〉，〈一九七一至七二〉，〈北西北〉，正好以漫長旅途的三個驛站為據點。柏克萊是加州大學的校園，也是他離開後投入西方學術訓練的起點。他在中國文學傳統與西方文學經典之間，學習如何相互比並對話。漂流於陌生的土地，生命內部引發的好奇與恐懼自是可以理解，當外面世界以奇異的態度對他質疑，詩人不可能不會察覺自己的生命結構正在劇烈改造。那段時期也是越戰疊疊高升的時候，多少美國青年受到徵召，投入那場毫無意義的戰爭。親眼看見他的同輩無端捲入戰爭，迫使自己必須思索生命的存在及其意義。其中有一個重要思考邏輯是，如果生命死亡，愛情就隨之消滅。生之欲，其實就是情愛之欲。見證那麼多生命被驅趕走上死亡的道路，似乎也感受有多少人間愛情遭到人工式的滅絕。加州大學的學生進行反戰示威，勇敢與警察對峙，護衛著他們的愛與生命。

散文中出現一位令人動魄的美國二等兵弗蘭克·魏爾西，相信那是從新聞報導獲知的消息。弗蘭克在一九六八年中南半島鄉村裡，射殺四個小孩與一位年輕媽媽，也目睹他的軍曹誤踏地雷而炸破膛肚。一個月後，他受勛退伍。再過三個月，亦即一九六八年十二月，弗蘭克在高速公路上車禍身亡。弗蘭克從別人的死亡到自己的死亡，是在時空交錯的短暫剎那完成。這樣書寫時，想必是死神俯臨生命最為接近之際。楊牧寫下如此深刻的字句：

> ……這時你只能想到，愛罷，把對方的蒼白和絕望摟進胸懷。渾身的汗油膩地交融，互相摧毀如海獸，愛就是抗議，向逼近的死亡抗議。皇皇的火在四面白牆上燃燒，這是情欲的煉獄，通過一層鬼魅的行列，你就更接近天國，……[1]

面對死亡的時刻，戰爭與性愛構成強烈對比。同樣都是在摧毀對方，戰爭是創造死亡，性愛則是在創造生命，在最接近天國之際，兩種取向都發生重大迴轉。

如果把《年輪》視為一首連綿不斷的愛與死之歌，亦不為過。在異域毫無止境的旅行，不僅是指他從學院訓練的結束，也是他獲得教職而尋到棲止的一個過程。那種旅行是生活的旅行，是知識與經驗同時生長的旅行。然而，愛與死之歌的旨意，卻又不只是限於生活，而是擴張到他的生命之旅。因此在柏克萊博士生活的周遭，籠罩著遠方戰爭的氣息。即使他到達遠在麻州安罕斯特任教時，愛與死的主題從未偏離。

在很多時刻，他選擇單獨旅行。以薄弱的身軀去抵禦天地中氣溫與風雪的試煉，從肌膚傳達到靈魂深處的異域感覺，其實也是鍛鍊他的心智趨於成熟的嚴酷形式。在柏克萊，他以反越戰的運動作為生命的自我觀照。他不是旁觀的留學生，校園浮現出來的激憤與抗議，簡直是扶搖直上的生命吶喊。

當他抵達新英格蘭的麻州谷地，他忽然難以忍受與世隔絕的那種寧靜。在巨大林木深處，望外探望，仍然是一排白楊木與白樺木。那種窒息感，使他想到死亡。於是，在封閉的空間裡，他忽然想到為自己設計一個陵寢：

> 在樹林裡。寬若九尺。長約十二尺。鳳尾草是好的。不必有色。尤其不喜玫瑰。在一般情況下簡單的野生植物是可以的。惟種植與修葺不必。[2]

加州與麻州的對比，立可判別。在柏克萊，生命的追求行動遠遠高過他對知識的關懷。

---

1 楊牧，《年輪》（台北：四季，一九七六），頁五四。

2 同前註，頁一四六。

遷徙到麻州時，時空落入一片寂靜的境界。在那裡，他有足夠的餘裕去面對死的問題，並且還從容為自己設計一個墳墓。在時光落寞之餘，死神反而更溫柔地貼近他。那是一九七一年的記事。

第二年，他從美洲大陸的東北東遷移到北西北，一個富饒鮭魚的西雅圖海岸，生命獲得全新的迴旋。在海外漂流將近十年，終於找到一個旅行定點。他告訴自己：「發覺全部意象神經的復活。」[3]

對於性別取向，他在西雅圖遇見一位比較文學教授是一位同性戀者。他傾聽教授的自白：「同性戀也許是自然的；許多人居然到了中年以後才發現，原來他當初對於同性戀的鄙夷，乃是他故意壓制他底性向的表徵。」「我愛的是男人——我和他們在一起覺得快樂。」[4]接收到這樣的信息，他愕然發現生命的存在原來有其各自樣式，而情愛表達也有其各自方式。

這冊札記書寫，對許多讀者稍嫌凌亂深奧。但隨筆式的散文，原就不求完整結構，在斷裂與跳躍思維裡，反而更真實地彰顯他內在的情緒起伏。《年輪》以旅行的地點標示他人生態度的衍化變異。在楊牧文學生涯中，這冊札記是他年輕歲月的重要突破象徵。在此之前，他的詩集《水之湄》、《花季》，以及《燈船》的大部分，可以見證少年純情的延伸。《年輪》出現後，生命的色澤加深，或竟如他自己承認：「和自己過去十年的生命，也這樣絕決地分開了。」[5]詩不再是靜態之美的藝術，而是可以在涉事之餘不需放棄其原有絕美。

正是其中的文字是如此凌亂懸宕，許多縫隙可以容許介入豐富的想像。那種排列的散文，如果予以分行，亦當是屬於詩。長期受到忽視的這冊散文，在他的創作中分量可謂不輕。其中在柏克萊他留下一首經典詩作〈十二星象練習曲〉，為日後又開啟另一首〈蛇的練習三種〉，遲至一九八八年發表。

散文的藝術也許是詩的延伸，反過來說，詩藝是散文書寫的濃縮。其中分野如何決斷，當由詩人主觀意志來判別。可以承認的是，詩行的精練簡約，夾帶著一定的節奏，有時比散文還更能貼近讀者心靈。

〈十二星象練習曲〉放在《年輪》裡，也許有些突兀。如果回歸到書中，就可發現這首詩是〈天干地支〉的第二首。其中第一首係以甲、乙、丙、丁的排列，描述家鄉妻子對戰地出征的丈夫報以激烈的渴望，而第二首則是以子、丑、寅、卯的次序繪出戰地男子的性愛憧憬。散文裡的弗蘭克，是一九六〇年代美國青年的生命象徵；儘管以許多文字來概括他的生

3　同前註，頁一五四。
4　同前註，頁一六二。
5　同前註，頁一五五。

與死，卻無法與〈天干地支〉的藝術相互比並。

〈天干地支〉這首詩並未全部收入詩集《傳說》，現在只存〈十二星象練習曲〉一詩孤懸，天干部分則全然不留。楊牧顯然已警覺前後兩首詩的藝術，其實已見高下。在割捨與不捨之間，自有他主觀的判斷。但是，三十年來在讀者閱讀的經驗裡，〈十二星象練習曲〉已升格為經典之作，不容置疑。同樣屬於身體詩，天干出現的字句似乎過於直接：「黎明以前請愛我摧毀我」[6]，以及「黎明以前請愛我蹂躪我」[7]。或者如下的詩行：

流亡的暴雷駐足，屏息
忽然打碎我無聊的肉體：
十萬條盲目的小蛇蠕動，起自每一個方向
像我們開花的深邃游來，集中
咬嚙至冰冷的死

以蛇的意象隱喻男性精蟲，頗為傳神，卻無法超越真實。但是緊接的六行，則具有誘人的想像：

這旅次何其黑暗，通向
子宮的未知，而你只是另一條
盲目的小蛇醒自我我永恆的昏厥
通過蝙蝠的夢境，通過哨崗
向北方潛逃

迷人的詩行具有雙重暗喻，黑暗的旅次既指向時代，也象徵女人。對於隨時面對死亡的戰地士兵，家鄉的妻子恆以溫暖包裹他。天地有多黑暗，能夠包容他的卻竟只是子宮的歸宿。這首詩不易成功，是從男性的思維來臆測女人，似乎無法進入真正的女性意識。女性胸懷有多寬容，有多溫暖，都是來自男性的想像。對比之下，〈天干地支〉的第二首就容易奏效，畢竟從男性的感覺出發可以觸探戰地士兵對生的嚮往，對死的恐懼，對愛的憧憬，對欲的沉湎。這種雙元思維的進行，使〈十二星象練習曲〉頗多可觀。

楊牧在《傳說》後記承認，這首詩是「在一個春雨早上完成」。既是練習曲，當然可視

6　同前註，頁一〇七。
7　同前註，頁一〇八。

為習作。然而它帶來龐大的藝術重量，幾乎使讀者無以承受。主要原因在於全詩放射出繁複而歧義的抒情，已臻美不勝收的地步。星象並不必然是星象，它影射了性愛的婀娜多姿，也暗示生命的起承轉合。全詩第一首第一節，就已注定它要成為傳誦或模仿的傑作：

我們這樣困頓地
等待午夜。午夜是沒有形態的
除了三條街以外
當時，總是一排鐘聲
童年似地傳來

被黑夜深鎖的我們，其實是一對男女。午夜沒有形態，只因它過於漫長。就在困頓的時刻，一陣鐘聲傳來，像濃厚的鄉愁那樣，怦然令人憶起童年。這種落於言詮的解釋，顯得何等笨拙。散文形式有時不免是拖泥帶水，不勝負荷。惟詩多麼精簡，以「童年似地傳來」銜接於鐘聲之後，所有寂寥的感覺、惆悵的滋味，都在表達對時間的無奈。緊接跳入下一節，一場動魄的性愛展現於前：

轉過臉去朝拜久違的羚羊吧
半彎著兩腿，如荒郊的夜哨
我挺進正北
露意莎——請注視后土
崇拜它，如我崇拜你健康的肩胛

——〈子〉

天上星象永遠都在暗示地上人事。表面是牡羊座的方位確認，其實是我與露意莎之間的互動。我以后土自居，露意莎則居於皇天的位置，纏綿的姿態若隱若現。困頓的生命淪陷於掙扎之中，又聽到鐘聲從隔街傳來，鄉愁因此而更為濃郁，在荒涼的時間裡，訴諸歡愛，始能抵禦。當午夜移入金牛座時，寂寞情緒無端襲來：

我以金牛的姿勢探索那廣張的
谷地。另一個方向是竹林
饑餓燃燒於奮戰的兩線
四更了，居然還有些斷續的車燈

如此寂靜地掃射過
一方懸空的雙股

——〈丑〉

情與景的交融，在詩行中有極其上乘的演出。竹林與車燈的出現，顯然是為了稀釋過於激切的情欲。歡愛臻於高潮時，可以望見窗外在夜間疾馳而過的車燈，彷佛感受到旅途奔波時的孤單。燈光恰好投射在「一方懸空的雙股」時，兩種畫面重疊在一起，巧妙地製造了蒙太奇效果。飢渴的欲望與不名的車燈相互銜接，既抽象又具象；反之亦然，欲望是何等真實，車燈又是多麼空虛。兩種意象的對比，使求生意志更形強烈。詩的張力於此顯現，性愛的淫穢因此而得到淨化。

午夜移行到雙子座時，詩行頓呈轉折。在星相手冊裡，雙子座符號通常都以兩人擁抱的意象表現出來，手足彼此牽絆，軀體相互聯繫。但是，詩中卻有譴責的語意：「匍匐的伴侶」、「不潔的瓜果」。邪惡的極致，其實是歡樂的頂峰。詩然刻意選擇負面文字，為的是彰顯情欲的正面意義。「匍匐」的姿態，帶出如下傳神的詩行：

啊露意莎，波斯地氈對你說了甚麼

泥濘對我說了甚麼

——〈寅〉

邪惡還不止於此，在巨蟹座的詩行畫面更為逼真：

請轉向東方，當巨蟹
以多足的邪褻搖擺出萬種秋分的色彩

——〈卯〉

詩的想像僅依賴單純的文字還不足以承載。尤其在表達情欲時，既要做到隱蔽，又要達到彰顯，誠屬不易。螃蟹的八爪，恰如其分描寫出男女的肢體。這種假借的技巧，有賴詩人敏銳的聯想。如果不具天文知識，或欠缺透徹的洞察，很容易落於言詮。「多足的邪褻」結合「搖擺出萬種秋分的色彩」，這種句法使沉淪與昇華獲得平衡。

欲說未說的語藝，正是這首詩出奇制勝之處。有時是影射，有時是隱喻，無非是要製造象徵的最佳效果。在天秤座的時段裡，詩人直接訴諸令人心旌搖盪的句法：

食糧曾經是糜爛的貝類
我是沒有名姓的水獸
長年仰臥。正午的天秤宮在
西半球那一面，如果我在海外……
在床上，棉花搖曳於四野
天秤宮垂直在失卻尊嚴的浮屍河

——〈午〉

「貝類」、「水獸」都屬於性的暗喻，而「棉花搖曳於四野」更是放膽的描述。「浮屍」強烈象徵戰場的慘況，又是反射性愛的終結。如果把詩行與《年輪》散文中二等兵弗蘭克的命運相互銜接，則性愛已不是求生的欲望，而是死亡的追逐。散文與詩之間的邏輯，至此得到支撐。詩的手法，頗能揭示盛年時期的楊牧心情。一如魯迅所說，希望之為虛妄相同；楊牧建立起來的愛欲生死的辯證，全然相生相剋，典型反映了一九六〇、七〇年代之交的歷史風景。詩可能不需要做如此脈絡式的閱讀，即使純就身體詩學來看，亦有其自主的詮釋。然而這首長詩，首先是附屬於散文，稍後才抽離出來，納入詩集《傳說》之中。因此可以進一步解讀，在死亡陰影下，性愛是一種生命的抵抗。豐饒的精力在床上消耗時，不亦就是果敢的身軀在戰場上奮鬥？這種雙軌發展，本身就有干涉政治的意味。

練習曲最後一首，以雙魚座作為終結。楊牧最擅長的歧義抒情技巧，至此有了完美演出：

露意莎，請以全美洲的溫柔
接納我傷在血液的游魚
你也是燦爛的魚
死於湖濱城市的廢烟。……

——〈亥〉

現代文明的最大產物，便是工業與戰爭。工業越發達，武器製造就越精密。在一九六〇年代，美洲的工業城市，也是排放污水與廢煙極嚴重的地方。詩行的反諷指向兩頭，美國青年如果被派遣到戰地，命運正是死亡。但是，即使選擇留在城市，則又受到環境污染的侵害。全美洲的溫柔接納遊子歸來之後，其實並不可能提供更好的待遇。廢煙帶來的慢性自殺，也許更甚於戰場上的戮殺。詩中的男女雙魚，耽溺於歡愛，可能是對戰爭的批判，卻又以情欲的終結諷刺工業文明的下場。全詩以下面六行總結整首練習曲的演出：

我們已經遺忘了許多：
海輪負回我中毒的旗幟，雄鷹
盤旋若末代的食屍鳥
北北西偏西，露意莎
你將驚呼，發現我凱旋暴亡
僵冷在你赤裸的身體

——〈亥〉

從情欲的真實，回到社會的現實，更可發現愛欲生死之間的和諧與矛盾。生之欲與愛之欲既是共存，也是對峙。個人的抵抗，畢竟無法與龐大的現代文明對決。詩行中最為矛盾的語法是「凱旋暴亡」，一方面暗示男性在高潮之後的委頓，一方面則是所謂戰勝並不必然求得生存，反而創造更多死亡。在現實社會裡，勝利歸來的理想證明是虛構。即使是戰勝的國家，都要付出慘重犧牲的代價。「雄鷹」暗喻男性，但又是指涉美國，如果可以這樣解讀，〈十二星象練習曲〉的批判意識無疑是高度而強烈。若是純作身體詩來理解，肉欲盛宴未嘗不是抒情傳統的另一延伸。楊牧的《年輪》提供一個文學範式，亦即詩與散文並非截然分立的文體。兩者之間相互會通，相互支撐，正是楊牧詩學的特色。即使以斷章、筆記方式經營散文，在沒有嚴整的結構內部，其實暗藏一種美學秩序。詩文之間的協奏交響，協助他建立一個繁複的象徵系統。

《星圖》的寓言

從《年輪》到《星圖》之間，楊牧還構造另一冊札記散文《疑神》（一九九三）。但是《疑神》並非抒情之作，而是透過對不同宗教的觀察，嘗試建立一種人文美學。楊牧是無政府主義者，恐怕也還是一位無神論者。他對一切無上的權力都表示懷疑，對於無上之美也感到猶豫。唯一不容懷疑的，便是至上尊崇的詩。在詩神之前，楊牧終於也有虔敬謙卑的時刻。

到達《星圖》時，他再度開闢另一種詩學，與《年輪》略有不同。〈十二星象練習曲〉完成於〈柏克萊〉之後，或者確切而言，詩是札記的延伸。《年輪》中的第三章〈北西北〉，出現一位女子在人與蛇之間蛻變，幾近神話。楊牧在半島旅行時投宿，夜間聽到隔壁女子歡愛的呻吟。第二天晨起，遇見那位女子，大約二十五歲，「臉上有一種和善助人的神色，透露出她優雅的教養。」[8]

---

8 楊牧，〈北西北〉，《年輪》，頁一七八。

半夜的冶蕩之聲與白天的純潔之色，使詩人產生亦正亦邪的聯想，遂開啟他對蛇的想像，彷彿那女子變成一條蛇：

彷彿一條蛇，在趕赴一個承諾了的血祭。會有一種祭禮即將展開，有人為蛇的冰冷注射溫暖，改變她的性格。快樂的女子穿出樹林，哼著歌，又消逝在樹林裡，急促細碎的腳步，好興奮，好放心。[9]

蛇與女子之間的互為蛻變，成為詩人的永恆想像，必須要遲至一九八八年，才完成三個段落的〈蛇的練習三種〉（收入一九九三年《完整的寓言》），又是另一首練習曲。這一條雌性的蛇，猶似一位舞者：

她必然有一顆心，必然曾經
有過，緊緊裹在斑斕的彩衣內跳動過
等待輪迴劫數，於可預知的世代
消融在苦膽左邊，彷彿不存在了
便盤坐在卵石上憂憤自責。為甚麼？

芒草搖搖頭不置可否

——〈蛇〉

蛇在詩人眼中具有人格，身穿舞衣跳動，而且等待輪迴的恰當時機蛻變為人。首先有散文，釀造一段時間，終於蛻化為詩。這是楊牧營造出來的詩藝。從蛇到人的演變，猶似從散文到詩的轉化，詩人自有其內在的輪迴觀。藝術的浮現，可以借用各種形式成為具體的存在。詩人本身就是創造者，說有詩，詩就來了；說有散文，散文就來了。詩人是小小的造物者，在他的文學世界裡，往往會出現小小規模的創世紀。

《星圖》的誕生，也是來自一位舞者。然而，詩人這次的創作則反其道而行，首先有詩，然後才有散文。他在一九八八年寫出〈單人舞曲〉，又在一九九〇年完成〈雙人舞〉，三年後他衍化出長篇散文《星圖》。詩並不等於散文，而散文也並不與詩等值。但是從詩學基礎來看，彷彿是各自盛放的花朵，在思維土壤裡都是根鬚盤錯交纏。唯有詩人最清楚自己詩文的蛻變過程。從創作痕跡來看，讀者也隱隱察覺期間的相互連結。許多批評家都盡量避開《星圖》的解讀，主要原因在於長篇散文的結構相當龐雜。在千頭萬緒的格局裡，很難掌

9 同前註，頁一七九—八〇。

握整體的精神所在。

楊牧自己發展出來的獨特「蛻變詩學」，確實有其迷人之處。在進入他的龐雜散文之前，詩反而提供了一塊恰當的踏石。〈單人舞曲〉中的舞者，自始就是一個被神譴責的靈魂，在記憶裡的森林穿梭。詩的第二節最後四行，彷彿神諭那般，強悍又溫和：

記憶裡潮溼的沙灘
留下一串暗淡
的足印，寂寥。「你來，」神曰：
「你來，我有話對你說」

在詩藝的領域，楊牧並不疑神。一切藝術的錘鍊，也許有一無上的神在諭示。絕世的演出，絕美的完成，可能不是卑微的人能夠單獨企及，背後可能有神祕的力量賦予生命。詩人面臨創作時，往往接近下筆如有神的境界，在神祕的時刻使藝術降臨。描摹流動的舞姿之際，文字也許極其衰弱；楊牧竭其所能，希望文字如錄影那般，讓舞者創造的藝術躍然紙上：

她的兩手擺動如魚之鰭
當海流溫度突變，她的
兩手放鬆，示意，就將速度也減低了
俄然衝刺，轉彎，以短尾划水
乃默默搖曳如凝立於大荒遠古的珊瑚
肢體呈赧紅色
骨節因純情而消滅
這肢體
原是
她
最好的
語言

——〈單人舞曲〉

他以換行的技巧來控制節奏速度，畢竟舞蹈的快慢絕非平面文字能夠直追。詩中藉用魚的意象，概括舞者的柔軟肢體。當舞者速度加快時，前面的詩句特別長；只要不換行，就必須一氣呵成讀完，節奏自然而然非常迅速。當舞者緩下舞步時，詩句越變越短，而且不斷換行，阻礙詩的速度，詩中音樂也跟著緩滯下來。為了形容肢體的柔軟，於是出現一行這樣的詩句：「骨節因純情而消滅」。純情湧現時，體內的骨節竟然無端消失，柔若無骨的感覺油然而生。情感與肢體的相互影響，竟有至於此者。至少詩人賦予確切的答案，柔骨來自柔情，因而才有之後的詩句：這肢體／原是／她／最好的／語言。一個完整的句子切斷成五行，傳神地讓舞曲漸漸緩慢而靜止。

觀舞之餘，詩人亦情不自禁投入舞曲中，舞者的姿態勾起他的記憶：

乃驚駭而起，縱身過我偶然投射的
影子，偶然投射
那年
在荷花池中（當月光
注滿草地復向池中流）
因浸水而失去靈性的影子
她順手拾起，飛越流螢
冰刀，毛線針，水仙

一黑色的舞者——
「你來，」神曰：
「我有話對你說」

——〈單人舞曲〉

舞者躍起，與那年他投射在荷池的影子銜接起來。現實與記憶至此產生交錯，原來詩中的神，不僅創造藝術，也主控記憶。或者更為確切地說，那是記憶的舞者，也是舞者的記憶。時間的過去與現在，也因此而纏結在一起。純情、記憶、肢體、舞姿終於重疊相接。文字可能是平面而靜態，如果能夠賦予生動的速度與形象，當可翻轉成為立體而動態。楊牧的文字實驗，可確定的是，又一次嘗試成功。

〈單人舞曲〉中的我如果是旁觀者，〈雙人舞〉出現的我，則是共舞者。前者是記憶重現，後者是現實介入。共舞的我彷彿是主導者，她的舉手投足與抑揚頓挫，都配合我的進退而演出。詩中第二段，彷彿是她獨自舞蹈：

這時背景的晨霧
也已經散去大半，枝枒依稀

摹仿你十指張開的手勢——
左右移動如暹羅，並以肩胛示意
我聽見岩層在黑土下吶喊釋放
當巨川切過高原，水與火交會
你低頭，在睡醒之間快轉
陽光迸濺，一如齒輪唼喋
雷霆和閃電將你密密包圍

——〈雙人舞〉

詩行之間的暗示，幾可辨識是一首身體詩。「吶喊釋放」、「水火交會」、「睡醒之間」、「齒輪接喋」，都強烈彰顯雙人的迎送舞姿，纏綿交織的激情溢於言表。從文字的精練來看，詩藝似乎不能與〈十二星象練習曲〉相互比並。〈雙人舞〉依賴的是明喻，練習曲則完全訴諸暗喻；明暗對照，中間確有技巧上的落差。但是，進入第三段，我真正現身，使舞者角色主客易位：

這一切都在我允許之下

完成了，我超越時空的靈視
乃是你的手勢和步伐一切的嚮導
這時遠處微微傳來了小河水聲
你驚覺蓄力，躍起
順著我的目光向前疾走
並在我指定的一點煞住，翻身
落下，反採行舟之姿
沿小河入平湖
向芰荷深處

詩中的我，似乎取代〈單人舞曲〉中神的位置，對共舞者予取予求，接受我的「允許」、「嚮導」、「指定」。當共舞者煞住並翻身，劇烈的舞踊遂進入和諧平靜的境界，由河入湖，世界為之開闊。

《星圖》是楊牧詩藝的一次總集成，其中有〈十二星象練習曲〉的延續，也有〈單人舞曲〉與〈雙人舞〉的擴張。全書始於太陽由巨蟹宮進入獅子宮，結束於太陽緩緩進入處女宮。由於文字負載詩意濃厚的色彩，全書是屬於散文體，卻帶有不分行的詩之傾向，作品主旨遂受到干擾而打散。不過，《星圖》的結構是從a到z在進行，細細拉出一條時間的秩序，可以視為一天範圍內的循環思維。在a段，詩人揭示全書的意圖：「一天十二個時辰不停呼吸著自己循環的燥氣，那樣專一淬礪地預備著，終於使我（一個卑微的仰望者）也變得心神不寧，感覺到宇宙之間一種持續的慫恿，脅迫，強制我思索愛、生死、創造。」[10]

集中於討論愛欲生死，使詩人早年的關懷又再度歸來。但是，早年創作《年輪》時，還處在激越的戰爭年代。士兵的死亡，故鄉的疏離，都在影射自己對生命的恐懼。完成於一九九三年秋天至一九九四年春季的這部長篇散文，詩人已經跨過五十歲，年少時期的夢與理想已經滌蕩淨盡，面對的是更為深沉的生命辛勞。然而，唯一還未參透的主題恐怕還停留在愛戀及其延伸出來的苦痛。

以我為定位的這部作品，不斷進行靈魂的詰問。字裡行間隱約出現的她，既是一位舞者，又是詩人分裂出來的自我。在對話時，參與的有你，也有自我。但是仍圍繞在情愛的議題。其中的自我S，比起現實中的我A還更果敢放膽。隱藏在靈魂深處的自我，充滿豐富的愛戀幻想，卻又勇於表達。而我只能借物起興，熾熱之情必須求諸於音樂與舞蹈。即使是聽到一首希臘歌謠，竟可以感覺其中的情感：「有時沾染了潮溼的顏色，如雨漬，淚痕，殘餘的腺液，一種摻和了炫耀和乞喚的聲音，誇張著靈魂與肉體，一種雜揉了呼救和示威的聲音，哀哀宣告人生際遇的是非，深淺，有無；我聽到生死俯仰的喉音，但必然是全面起自丹田的，衝過蕩漾的胸臆，塞滿一串燈火搖曳，不安，無奈的夏夜。」[11]

同樣在音樂聲中，又隱隱望見一位舞者出現：

……她仰臥在隆起的沙丘上面，張大眼睛瞪著雲霄看，髣髴兩臂長伸，手掌張開反置在蓬散的長髮上。然後，不知不覺，她的喉管也發出斷續的吟詠，配合音樂節拍低唱，嘴唇微張，代替鼻竇，喘氣。她平躺的乳房渾圓柔軟，隨時要因為肢體形勢的靜態變更或參與動作而戰慄顫抖，但往往以盤旋搖盪居多，如潭水漣漪，以山果墜落的乳頭為中心，由紫丁香的深暈向淺白擴散，止於圓週臨界之終點，亦即愛人最容易迷失的地方。[12]

舞者在散文裡始終是居於焦點位置，不斷吸引我的注目。甚至在某些段落，自我S與她竟是相互重疊。我與自我的對話，幾乎就是我與她的互動。我是何等專注凝視著她的舞姿，

---

10 楊牧，《星圖》，頁一。
11 同前註，頁三二。
12 同前註，頁五二。

簡直是投入她的生命一起共舞。散文以慢動作的速度，描摹舞者的翻轉，以致注意她肉體的肌膚波動，及於最為細微的下體寒毛。我與舞者之間的距離，完全沒有舞台的間隔，而是如同貼身的觀察。兩人並未有任何互動，卻因為細節的描述，更能反映我與舞者的親密情感。〈雙人舞〉詩中的意象如果與散文中的她對照，似乎可以斷定這是身體詩的具體擴張。舞踊是一種挑逗，一種引誘，終致使我苦惱，而不得不對自己進行責問：

叩問我怎麼樣才能辨識啊怎麼樣才能確認那迴旋轉動於生死韻律的舞者怎麼樣斷定我們曾經相知並且始於迢遙之時間未經磨損之前始於那完整的幻覺世界以清潔的星光與水紋與花瓣與稻穗裝飾夜晚和白晝春天和秋天。[13]

完全省略標點符號的這一長串文字，可以窺見我內心的焦灼與急躁。我與她之間的情感找不到可以定位的地方。《星圖》是由讀書筆記，英詩翻譯，古典閱讀，與情感的升降起伏揉雜在一起。較諸《年輪》，這是一冊沒有確切答案的散文。較諸天上富有秩序性的星辰羅列，我的生命反而陷入混沌茫然的狀態。散文到達尾端之前，出現一行諭示，彷彿是對一位特定讀者說話：「為了生命的緣故，你說：我知道你為甚麼努力工作，而且知道你所有文字都是生命，天下只有我懂。」[14]如果《星圖》的結構如此複雜，不是尋常讀者可以輕易涉入，則真正能解讀的人可能只有一位。所有的情感都因生命的存在而存在，所有的欲望也因肉體的延續而延續。生死不易參透，愛欲亦難以理解。何者屬於詩，何者屬於散文；何者指向純情，何者指向肉欲，正是這冊作品最惱人也最迷人之處。從三十六歲到五十五歲的楊牧在此辯證過程中，生產了異於同世代詩人的富饒文學。當所有的歡樂與苦惱退潮時，真正的文學生命從此都保留下來。

原題〈生死愛慾的辯證：楊牧詩文的協奏交響〉，「一首詩的完成——楊牧七〇大壽國際學術研討會」宣讀論文，國立政治大學台灣文學研究所主辦，二〇一〇九月二十五—二十六日；後收入陳芳明主編，《練習曲的演奏與變奏：詩人楊牧》（台北：聯經，二〇一二），頁三三七—六〇。

13 同前註，頁一二六。

14 同前註，頁一六四。

《殺夫》事件與女性書寫

女性身體書寫的壓抑史

李昂的《殺夫》在一九八三年聯合報徵文比賽中的獲獎，正式宣告戰後台灣女性書寫的版圖取得重大的突破與擴張。然而，這並不意味著《殺夫》已經贏得台灣社會的普遍首肯。恰恰相反，這冊小說獲獎之後，便立刻引起各方的批判。尤其是高舉本土旗幟的《自立晚報》，還動用社論對這部作品進行嚴厲撻伐。圍剿聲中所使用的語言，無不以儒家的倫理觀念為依歸。在抨擊的文字下，《殺夫》成為破壞社會既有秩序的禍首。這個事實顯示，女性書寫到達一九八〇年代時，台灣的政經結構正在尋找解放之際，男性文化的道德裁判仍然拒絕改變。

自一九五〇年代以降，一部女性身體書寫的壓抑史，其實就是一部男性道德飢渴的發展史。女性身體越受到監禁之際，也就是男性道德裁判最為嗜血的時候。無論這些男性裁判者的政治信仰是如何歧起。李昂的《殺夫》並非是孤立的事件。歷史事實說得很明白，凡是企圖走出身體牢籠的女性書寫，必然遭到男性道德家的反撲。一九六三年郭良蕙的《心鎖》，受到當時執行反共政策的台灣婦女寫作協會的一致攻擊。一九七三年歐陽子的《秋葉》，則是受到標榜中華民族主義的《文季》之強烈譴責。而一九八三年李昂的《殺夫》，更是得到以本土立場自命的媒體的特別待遇。幾乎可以說，每隔十年，台灣社會就會出現一次麻疹。女性書寫勇於衝破囚房的決心，隨著不同世代作家的崛起而更加堅定。也正因為女性作家懷有不碎的意志，男性道德家就越不辭辛勞地構築工事。長達三十年的時間，女性書寫的領域已經成為男性諸神的戰場。政治標籤貼上國民黨、統派與獨派，並不妨礙他們在對抗女性書寫時的齊聲合唱。

因此，要討論《殺夫》所引起的批判事件，不能從文學史的脈絡中抽離出來，而應該放在歷時性的女性書寫來考察。確切地說，《心鎖》、《秋葉》、《殺夫》分別代表六〇年代、七〇年代、八〇年代的女性作家，試探父權體制的支配力量。三位女性作家的歷史背景與書寫策略毫不相涉，彼此之間的文學信念也不必然相互聯繫。她們採取不同的途徑來追尋女性的精神出路，卻發現彼此所體驗的壓抑竟是相同的。

郭良蕙在一九六二年發表《心鎖》時，正是反共論述臻於高峰之際。為了配合這樣的論述，當時的文藝政策強調的是權威崇拜、民族主義與儒家思想[1]。這三個思想支柱，構成了

1　一九五〇年代文藝政策的討論，已逐漸蔚為風氣。尤其是張道藩的文字，開始受到閱讀與再閱讀，他所寫的〈三民主義文藝論〉，已收入道藩文藝中心主編，《張道藩先生文集》（台北：九歌，一九九九）。有關這方面的專論可參閱鄭明娳，〈當代台灣文藝政策的發展、影響與檢討〉，收入鄭明娳主編，《當代台灣政治文學論》（台北：時報文化，一九九四），頁一一—七一。以及鄭明娳，〈當代台灣文藝政策現

父權文化的核心，同時也在維護當時政權的統治基礎。事實上，文藝政策所表現出來的語言，原本就充滿男性的價值觀念。從威權崇拜與民族主義延伸出來的美學，自然也就在於宣揚傳統的宗法體系與家庭倫理。以這樣的男性建立起來的社會秩序，無疑是必須以壓抑女性的身體為必要手段。《心鎖》於一九六二年在《徵信新聞》連載時，並未聞有官方查禁之議。全文結集成書後，一時暢銷風行，遂成為當時台灣婦女寫作協會撻伐的對象[2]。

在圍剿《心鎖》的行動中，主要的焦點集中在小說中所觸及的亂倫議題，以及女性情欲的問題。在波濤洶湧的文字裡，郭良蕙的作品不僅被形容為「黃色小說」（蘇雪林語），作者本人甚至被影射為「高級妓女」（劉心皇語）。這些指控與污名化，全然偏離文學的討論，已經淪為思想檢查的延伸。事實上，在每篇批判文字的背後都隱含高度的政治權力支配，其精神與內容已無關文學與藝術。蘇雪林要求有識之士必須「負起文藝路線調整的責任」[3]，言下之意在於暗示官方應該採取行動。《文壇》雜誌的發行人穆中南，則引述陶希聖在文化清潔運動中所講的話：「當共匪滲透那個地區時，先用黃色、黑色或灰色的作品來爛那個地區的社會。」[4]這些言論，無非在於維護政權的合法性。因此，郭良蕙終於遭到中國文藝協會與台灣婦女寫作協會的開除會籍，同時《心鎖》也終於無法躲過被官方查禁的命運。

女性的身體書寫必須符合男性審美的要求；而其審美的基礎並非是道德規範而已，更重要的是威權的尊崇。女性情欲的釋放等於是在直接挑戰男性文化的秩序，郭良蕙未能遵守當時威權體制的文藝政策，自然就受到嗜血的道德裁判。

如果《心鎖》之受到批判乃是因為觸犯男性的威權體制，則一九七三年歐陽子所遭到的圍剿，則是由於冒犯當時正日益高漲的中華民族主義情緒。《秋葉》一書的誕生，代表著一九六〇年代女性作家在現代主義技巧上的一個嘗試。這本書的現代主義傾向遠遠超過女性意識的呈現。

《秋葉》在一九六七年於文星書店出版時，原來的書名是《那長頭髮的女孩》。此書於文星關門而絕版，經過作者修改後，復於一九七一年再版問世[5]。歐陽子真正表現其女性主

象〉，《現代散文現象論》（台北：大安，一九九二），頁一八五—二二〇。這兩篇論文有重疊之處，合而觀之，當可理解五〇年代的文化權力結構。

2 《心鎖》的批判文字，大部分收入余之良編，《心鎖之論戰》（台北：五洲，一九六三）。有關這場論戰的再檢討，參閱廖淑儀，〈被強暴的文本——論《心鎖》事件中父權對女／性的侵害〉（台中：靜宜大學中文所碩士論文，二〇〇三）。

3 蘇雪林，〈評兩本黃色小說：「江山美人」與「心鎖」〉，收入余之良編，《心鎖之論戰》，頁一七。

4 穆中南，〈一個反常現象——「心鎖」事件〉，收入余之良編，《心鎖之論戰》，頁七五。

5 有關《秋葉》的研究，參閱林培瑩，〈被誤解的本土現代主義者——歐陽子作品初探〉（台中：靜宜大學中文所碩士論文，二〇〇〇）。

義的立場，應該是在一九七二年參與西蒙・波娃《第二性》的翻譯。因此，《秋葉》收集的短篇小說，雖然都是以女性心理的刻畫為主要關切，卻並不必然是有意識地在提倡女權主張。這部作品誠然探測到內心世界的黑暗面，從而涉及到不倫與亂倫的議題，但是全書的重點還是放在人性的挖掘，而不是性的描寫。書中所收的〈秋葉〉、〈魔女〉等數篇小說，重點並不放在情欲的解放，恰恰相反，都在於暴露女性身體之受到壓抑。在性的敘述方面，作者其實是相當自我節制，縱然如此，這本小說引來的批判，已經超過該書所能承載的。

如果《秋葉》沒有再版，《那長頭髮的女孩》在一九六〇年代末期並未在文學批評界吹起絲毫的漣漪。很不幸的是，進入七〇年代以後，由於台灣社會在國際地位上的一連串挫敗，終於激起國內前所未有的民族主義情緒。從一九七〇年的釣魚台事件，一九七一年的退出聯合國，到一九七二年的「上海公報」與對日斷交，都使得台灣知識分子不僅湧起前所未有的反美情緒，而且也帶動了日後文學史上所豔稱的台灣鄉土文學運動。在鄉土文學運動的陣營裡，出現了台灣意識與中華民族主義的兩條路線。文學運動滲入了政治理念，以這段時期最為強烈。無論是主張台灣意識，或堅持中華民族主義，這兩條路線的背後都隱藏了極為強悍的男性權力角逐的意念。《秋葉》再版問世時，就立即被中華民族主義者拿來作為反美、反帝批判的對象。這段時期，也許竟如陳映真所說：「這種反帝統一論與擁抱台灣人民／土地論的統一，和中國／台灣的聯繫性與統一性，貫穿一九七二年現代詩論戰和一九七七年到一九七八年鄉土文學論戰中。」[6]這種說法並不符合七〇年代台灣鄉土文學運動的史實，卻足以道盡中華民族情緒在這段時期臻於高峰的狀態。

最能代表中華民族主義立場的《文季》，正是對歐陽子《秋葉》展開批判的一個重鎮。尉天驄在《文季》的發刊詞表達該刊的基本立場：「只有根植於生活之中，以無比的愛心去擁抱這世界的痛苦與快樂，我們的藝術才能同中華民族的命運一樣，在經過漫長的悲愴與掙扎之後，成為安慰眾生的聲音。」[7]配合第一期的發刊，《文季》推出了「當代中國作家的考察」專輯，而被考察的第一位作家正是歐陽子。質言之，中華民族主義的文學既然是根植於生活，則其強調的美學主流自然非寫實主義莫屬。而《秋葉》恰巧是表現現代主義的技巧，可謂背離了現實主義路線。

對《秋葉》筆伐的第一篇文字，也是出自尉天驄。他在這冊短篇小說集裡所看到的人物，都是病態的欺罔與出軌。他特別指出，這些人物「他們的可悲就在於把病態當作正常。

6 陳映真，〈向內戰，冷戰意識形態挑戰〉，《聯合文學》一四卷二期（一九九七年十二月），頁六一——六二。

7 尉天驄，〈我們的努力和方向（發刊詞）〉，《文季》一期（一九七三年八月），頁二。有關《文季》的研究，參閱羅秀菊，〈「文季」文學史地位之探究〉（台北：國立政治大學中文所碩士論文，一九九八）。

所謂藝術和文學，雖然說得好聽，究其實不過是另一種生活的自瀆」[8]。這樣的批評，強調的是中國的傳統倫理道德，而並沒有一字一句的檢討女性身體受到壓抑的真相。所以，尉天驄對《秋葉》提出一個總的看法，小說中的人物雖活在自己的土地，「卻有生活在國外的感覺」。如果細讀《秋葉》的小說，歐陽子挖掘出來的被壓抑的內心世界，對於男性來說當然是陌生的、異國的。因為，在體內的黑暗大陸所隱藏的痛苦、抑鬱，絕對不是任何男性樂於去觸探的。

唐文標對於歐陽子的批評，便是欠缺中國的歷史意識[9]。何欣認為《秋葉》中的人物，「都是缺乏思想、缺乏個性的浮萍，……更缺乏咄咄逼人的現實感」[10]。王紘久（王拓）則指責歐陽子的小說對台灣的社會現實與文化環境欠缺敏銳的感受，並且也忽視了中國傳統道德的影響[11]。對於這些中華民族主義者而言，歐陽子之所以不符合他們的美學尺碼，就在於欠缺中國的歷史感，傳統的道德感，以及現實的文化感。因為與這樣的尺碼有了出入，他們遂判定歐陽子沒有思想，有變態傾向等等。他們的批評策略，無非是要以社會現實（social reality）來取代內心真實（mental truth）。他們所說的歷史感與道德感，其實就是長期以來為男性主權力辯護的最佳利器。在這些批評中，他們未嘗追問女性的身體為何受到壓抑？為什麼女性在情欲的議題上特別感到焦慮？為什麼女性在尋求精神的出口時，最後必然遭到阻撓與抗拒？在民族主義情緒特別氾濫的時期，這些問題顯然不是男性批評者樂於關心的。

至少到李昂的《殺夫》問世之前，女性小說家早已被各種道德裁判所制約。勇於表達內心被壓抑的欲望與想像的作者，無不遭到污名化與妖魔化。凡拒絕被整編到男性合法性的文化邏輯，絕對不可能獲得寬容的待遇。《心鎖》如此，《秋葉》亦復如此。半世紀以來，有多少女性作家是遵照男性所揭示的道德感與歷史感從事文學創作。稍微踏出軌道之外，就必須承擔各種沉重的罪名。郭良蕙與歐陽子身上所留下的歪曲指控，正好暴露女性身體書寫被壓抑的真相。

從詹周氏殺夫到林氏殺夫

李昂在台灣文壇的誕生，全然不同於郭良蕙與歐陽子的模式。最大不同之處，就在於她

8 尉天驄，〈幔幕掩飾不了污垢——對現代主義的考察兼評歐陽子的《秋葉》〉，《文季》一期（一九七三年八月），頁六六—六七。

9 唐文標，〈歐陽子的創作背景〉，《文季》一期（一九七三年八月），頁四五。

10 何欣，〈歐陽子說了什麼？〉，《文季》一期（一九七三年八月），頁六〇。

11 王紘久，〈一些憂慮——談歐陽子的《秋葉》〉，《文季》一期（一九七三年八月），頁七七—七九。

完全不遵守男性的文化邏輯。因為，她太熟悉男性津津樂道歷史感與道德感所設下的陷阱。李昂誠然擁有她自己的歷史意識與道德意識，而這樣的意識不是來自男性，而是承接女性傳統。

《殺夫》原來的書名是《婦人殺夫》，後來因評審的修改而定名。在完成這冊引人爭議的小說之前，她已經有十五年的寫作歷史。從最早的〈有曲線的娃娃〉出發，李昂小說造成喟嘆與驚呼無疑是文學史上的特殊現象。她在一九七四年發表的兩篇小說〈人世間〉與〈莫春〉，就已造成了可觀的批評波紋。她無法抑制地不斷去探測性的禁區，但是，並不純然止於性的議題，而是把性放在家庭、學校、城鎮等等最為保守體制的脈絡下檢驗。她的書寫策略，遊走在現代主義與寫實主義之間；一方面既揭露女性體內底層湧動的情欲，一方面則掀開社會現實中虛偽的帷幕。在她的小說裡，民族主義的情緒已被邊緣化，不管它叫做中國意識或台灣意識。在鄉土文學運動達到高潮之際，李昂正在創作「鹿城故事」的系列小說。面對排山倒海而來的民族主義浪潮，她只是以淡漠的語氣回應：「想要在「鹿城故事」裡找到狹隘的鄉土文學認可的對農村的反應，自然會失望。」[12]那種姿態，簡直就像抗戰烈火下張愛玲說話的身段：「我甚至只是寫些男女間的小事情，我的作品裡沒有戰爭，也沒有革命。」（〈自己的文章〉）李昂與張愛玲之間沒有任何傳承關係，但是她們抗拒男性文化收編的語氣，何其相似。

不過，《殺夫》題材的挪用，在思想方面與上海時期張愛玲的密友蘇青卻有某種神祕的聯繫。李昂認為，引發她寫《殺夫》的原始靈感，來自陳定山《春申舊聞》書中的一則社會新聞故事〈詹周氏殺夫〉。李昂在《殺夫》的〈寫在書前〉解釋她如何被這則新聞報導所吸引：「這則發生在抗日戰爭時期的社會新聞，是一個轟動當年上海的殺夫慘案，然而當中最讓我感到興趣的是，它是一個少見的不為奸夫殺本夫的故事，殺夫的因而不是一個淫婦，只是一個傳統社會中被壓迫的不幸婦人。」[13]對於一般讀者而言，這樣的新聞記載只是千萬則市井小民的尋常事件。但是，李昂注意到的卻是，「殺夫」者「不是一個淫婦」。其中豐富的想像力，就在這縫隙間渲染暈開。

傳統話本小說充斥過多謀害親夫的故事，庸俗的情節往往是女方姦情被識破，遂憤而殺夫。詹周氏殺夫事件，顯然不同於坊間傳說的模式。這個事件發生於一九四五年三月的上海，造成當時城市小報爭相報導的熱潮。詹周氏長久不能忍受丈夫詹雲影的虐待，終於蓄積殺機。報紙極盡偷窺之能事，企圖在這樁殺夫案背後找到姦情的蛛絲馬跡。但是，根據法院的判決書，詹周氏殺夫的動機，純然是由於丈夫常年寄跡賭場，不事生產，終而造成夫妻之

---

12 李昂，〈寫在書前〉，《殺夫》（台北：聯經，一九八三），頁六。

13 同前註，頁八。

間的緊張。詹周氏在精神恍惚的狀態下，於半夜殺夫，並肢解屍體。上海作家蘇青對此新聞事件有立即的回應，除詳述故事始末，並極力為詹周氏辯護[14]。陳定山的《春申舊聞》，顯然改寫了這個新聞事件的原貌，丈夫詹雲影，改名為詹子安，並且以宰豬屠夫為業[15]。李昂的小說，顯然是以陳定山的故事為張本。

蘇青對於這個事件的評論，無疑是具備了強烈的女性意識。她綜合當時各報的報導與法院判決書，指出男性文化的傲慢與粗暴。她從刑法理論為詹周氏辯護，認為殺人者死，是最原始的復仇手段。然而，一個罪行的發生，必須考量與此事件相關的生理學、生物學、社會學與精神病學。亦即犯罪者與環境有很密切的關係。從詹周氏的審問紀錄來看，她自幼失怙，長年的屈辱苦悶，造成她後天的神經質。婚後丈夫又長期失業，常常施行家庭暴力，使她終於精神崩潰。事件的發生，完全是因為這位女性已臻於心神喪失的狀態。遠在一九四〇年代的蘇青，就已經能夠站在精神分析論的立場為受虐的女性辯護。對於這樣的事件，仍然認為「謀害親夫是社會道德問題，不能因為神經患病而加以恕宥」[16]。這種道德裁判，其實只是在複製傳統父權體制的遊戲規則。依照這樣的思考邏輯，女性在家庭受到暴力是合法的；一位女性因受虐而被逼成瘋，也是合法的。男性威權的合法基礎，並非是以道德為根據，而是以性別界線為準則。蘇青的早期文字，在相當程度上已經事先答覆了陳定山的說法。她認為，法律審判並不能只看結果，而必須考察女性在謀害親夫之前受虐的事實，以及因此而造成的精神分裂狀態。

李昂的《親夫》在故事架構方面顯然是借助陳定山的筆記，但是在思維理路上卻與上海時期的蘇青相互聯繫。李昂以移花接木的手法，把這個事件置放在「鹿城故事」系列創作的脈絡中。《殺夫》的空間雖然移轉到鹿城，故事發生的時間卻是模糊不確。這是《殺夫》的一個重要的書寫策略。就像她在動筆之初所說，要寫一個「女性主義」的小說，則在構思便有意避開男性的思考模式。男性作家在建構故事時，往往傾向於歷史化（historicization），亦即以編年的方式，依時間始末做線性的敘述。然而，對李昂來說，這個故事的歷史背景並不重要，比較值得關切的是，女性身分在空間位置是如何受到安排。因此，她有意捨棄故事的時間化（temporalization），而把整個故事徹底空間化（spatialization）。這個嫁接方式有其特殊的暗示，也就是說，無論歷史與時間如何改變，男性文化中的人性是永遠停滯不變的。

---

14 蘇青，〈為殺夫者辯護〉，《飲食男女》（上海：天地，一九四五）；後收入喻麗清編，《蘇青散文》（台北：五四書店，一九八九），頁一六四—七六。

15 陳定山，〈詹周氏殺夫〉，《春申舊聞》（續集）（台北：世界文物，一九七八），頁八四—八六；李昂，《殺夫》，頁一九七—二〇一。

16 同前註，頁二〇〇。

換句話說，李昂選擇從時間敘述的方式抽離出來，乃在於強調一個重要的信息：時代可能是進步的，但男性文化不見得就會進步。或者，反過來說，時間的演進往往穿越不同的歷史階段，然而女性身分在任何一個歷史階段都同樣受到壓抑與貶抑。對於女性而言，時間是沒有意義的；能夠產生意義的，唯空間而已。

《殺夫》之成為事件

《殺夫》中的女性歷史記憶，並沒有時間更迭的流動感。從小說揭開序幕起，母親的命運就已經預告她的女兒林市必將重蹈覆轍。這個母親在亂離時代陷於極端飢餓之中，因此遭到士兵強暴時，她正飢不擇食地吞嚥飯糰。一個恐怖的景象出現在林市面前：

> 阿母嘴裡正啃著一個白飯團，手上還抓著一團。已狠狠的塞滿白飯的嘴巴，隨著阿母唧唧哼哼的出聲，嚼過的白顏色米粒混著口水，滴淌滿半邊面頰，還順勢流到脖子及衣襟。[17]

嚥飯之際的母親，其實正在承受士兵的強暴。這個圖像並非是林市母親個人的命運，而是歷史上女性的象徵。這段文字足夠隱喻日後林市的生命軌跡。母女的時代已經改變，亂離的局勢已經遠離，但是，兩代的命運何其雷同並置在一起。同樣在新婚之夜，林市就遭到屠夫新郎陳江水的性虐待。等到強暴之後，陳江水才開始餵食飢餓之中的林市：

……陳江水到廳裡取來一大塊帶皮帶油的豬肉，往林市嘴裡塞，林市滿滿一嘴的嚼吃豬肉，嘰吱吱出聲，肥油還溢出嘴角，串串延滴到下顎、脖子處，油濕膩膩。這時，眼淚才溢出眼眶，一滾到髮際，方是一陣寒涼。[18]

把母親被強暴的那段敘述，與林市初夜的描寫相互比並，就可發現李昂刻意在重複出現的文字中，透露母女在性虐待的命運上是無可掙脫的。「林市怎樣都料不到，往後她重覆過的，就是這樣的生活。」[19]食與性是如此密切的結合在一起，但是掌握權卻落在男性手中。男人一旦握有經濟權，就可順利操控女性的生存權。這豈僅僅是林市與母親的命運，它毋寧

---

17 同前註，頁七六—七七。

18 同前註，頁八二。

19 同前註。

是天下所有女性的共同命運；更確切地說，這是女性的共同空間。她們接受性的虐待，是換取生存權的一種儀式。

然而，女性命運的不堪並不止於此。在《殺夫》中的男性，是以屠夫的形象出現。這當然有作者的強烈暗示，屠夫的宰豬行為，與性虐待的演出其實並沒有兩樣。就像小說中陳江水的屠宰儀式，充滿了暴力血腥：

> 這是陳江水的時刻，是他凝蓄一整個早晨的精力出擊，當刀鋒沒入肉與血管，當刀身要被抽離的那一剎那，血液尚未噴湧出，一陣溫熱羶腥的氣息會先撲向握刀的手。一當這溫熱如呼吸般的氣息一輕拂上來，不用見血，陳江水也已然知曉，他又圓滿成功了一次。[20]

這是宰豬的技巧，也是性虐待的儀式。整篇小說處處浮現「刀」與「血」的意象，似乎在提醒讀者，男性是刀、女性是血的隱喻。在性虐待進行之際，女人忍不住痛楚而高聲尖叫，幾乎就像豬在瀕臨屠宰時刻的驚嚎。在這樣的血祭裡，男人嘗到了抽刀時的快意。每當陳江水從屠宰場殺豬完畢回家，必然要對林市進行暴力的性愛。這種近乎同步的暴力雙軌進行式，等於是揭示女性的命運與豬沒有兩樣。長期的性脅迫，終於造成林市的被害妄想。使林市精神崩潰的一幕，是陳江水逼迫她到豬灶協助他屠宰的工作。刀影與血影的豬灶，使林市恍然以為身在地獄。她被迫觀看宰豬的過程，猶似噩夢一般，看見陳江水向她走來：

> ……陳江水卻卻抱著整整一懷抱的一堆內臟與腸子朝著走來，什麼也不曾說的推向她，本能中林市伸出手去接，那堆腸肚觸著手臂，柔柔軟軟極為黏膩，而且仍十分溫熱。[21]

血腥暴力的形象，至此始有實質的觸感。魍魎魑魅的性虐待的真正滋味是什麼，林市在這個時刻才體會到所築於沉溺的血腥境界。《殺夫》整篇小說，反反覆覆都在釀造暴力的恐怖氣氛。不斷被強暴的林市，無非就像那一團溫熱的肚腸，必須接受男人的刀反覆地抽插。

林市無法遁出這種日復一日的暴力。只要她有一絲抗拒，必定換來更大的暴力。這說明了歷史上的女性無法翻身的原因。唯有經過一連串的訓誡與懲罰，女性才能徹底屈服。李昂塑造陳江水的屠夫形象，只不過是把歷史上男性的暴力身影濃縮在這位小說人物之上。如果稍具自覺意識的女性擁有歷史記憶的話，就不難看出，不同世代的女性遭遇的無非就是這種

20 同前註，頁八六。

21 同前註，頁一八八。

同樣的男性暴力。這種暴力不必然都如此血腥一如屠夫，但是男性權力的運作，乃是在歷史的每個環節，在文化的每個結構中，深刻而細緻地使女性馴服以致屈服。男性權力的滲透，無需像陳江水那樣以恐怖的形象演出，但是藉由知識暴力，或是政治暴力等等文明的形式，以達到訓誡女性的目的。這種無形的暴力所到達的境界，恐怕比起陳江水的有形暴力還更徹底，更無可抗拒。

《殺夫》最成功之處，並不在於宰豬的細節描寫，而是在敘述屠殺過程中所使用的語言，何其相似地與性虐待的過程並置發展。如果殺豬是隱喻（metaphor），性虐待是轉喻（metonymy），整冊小說的文本無疑是一個巨大的象徵（symbol）。這個故事已在揭示一個策略，女性如果要完成翻身的工作，並不是以暴易暴，而是必須建立女性自己的歷史記憶，從而建立自主的知識論，才能擺脫男性文化所形構出來的遊戲規則。陳江水終於被林市以宰豬方式結束生命，並非是在鼓勵暴力文化，而是在暗示父權體制的權力誤用與濫用，最後也不能掙脫自掘墳墓的命運。李昂的小說明白指出，父權體制並沒有任何祕密，它僅有的祕密只不過是暴力而已。《殺夫》所要揭露的，就是讓這樣的暴力不再是祕密。

然而，李昂獲獎時，竟然引來許多男性評論者的道德審判。其中最為離奇的，莫過於《自立晚報》所擺出義正辭嚴的姿態：「在一個文明社會裡，在一個法治國家裡，除非是執行死刑的執法人，或是置身於戰爭中的士兵，實在沒有可以『殺人』乃至於謀殺『親夫』。

任何冤屈、任何仇恨，除依法控訴外，任何直撲行動，特別是置人於死，不論動機為何，都是犯法的行為，為法律所不容。」緊接著，這篇社論立即轉向當時正在《聯合報》連載的《殺夫》：「倘在文學上同情直接行動，乃至煽動報仇洩憤的殺人行為，對於社會的文明秩序，對於國家的法治制度，都是嚴重的破壞，其後果是極其堪虞的。」[22]這是李昂獲獎後，迎接的第一篇發難的文字。

這篇社論顯然在還未讀完全文時，就極其焦慮地發表出來。《殺夫》並未被視為一部文學作品，而是一篇煽惑殺人的文字。猶似在鎮壓一場反抗行動，社論不自禁搬出「文明秩序」與「法治制度」的字眼。所謂文明秩序，就是維持女性繼續接受男性暴力待遇的秩序。所謂法治制度，就是維護男性繼續施行權力支配的合法制度。社論完全無視小說中女性遭受性虐待的偏頗待遇，而只專注在故事的結局。當年上海時期的蘇青，認為「殺人者死」的審判方式，是極為野蠻的文化。這種「大快人心」的審判，只看結果，而不考察殺人之所以形成的原因與過程，是很不道德的。蘇青的文字，事實上也可以用來答覆這篇社論。

把小說藝術的故事，概括稱為「同情直接行動」，可謂全然不知文學之為何物。同年的《文壇》特闢「關於李昂《殺夫》專輯」，也一致對這部小說展開批判。就像當年批判《心

22 社論：〈文學不可助長戾氣〉，《自立晚報》，一九八三年十月七日，第一版。

鎖》那樣，這個專輯也不談作品，而是檢討作者，諸如：「一位以『性』文字遊戲的單身女郎，拾人牙慧。」[23]「她以一個沒有結婚（據說）的女性，敢於突破禮教的束縛，敢於大膽描寫那種性飢渴、性暴虐的過程，應該是值得拍案叫絕的。」[24]這場圍剿，最後只是再重演道德裁判，再一次對女性身體書寫進行壓制之外，已完全偏離文字批評的紀律。[25]

後《殺夫》時期的女性書寫

一九八〇年代的女性書寫，基本上有兩條旗幟鮮明的文學路線，一是以「三三集刊」為主軸的女性作家，包括朱天文、朱天心、陳玉慧、鍾曉陽，延續中國文化的關懷，文字藝術帶有淡淡的張愛玲與胡蘭成的色彩，表達女性的國族意識。一是以台灣本土作家為主的李昂、廖輝英、陳燁、施叔青，集中於女性身體解放的書寫策略，其故事內容較為貼近台灣社會政經結構的改變。這兩條路線，干涉現實政治的意圖極為清楚，完全不同於八〇年代以前女性作家自我壓抑的表現方式。

李昂的《殺夫》之所以被稱為文學事件，乃是因為這本小說總結了過去女性身體書寫的壓抑史。這本小說的誕生，承受了最後一波男性道德裁判的圍剿。這並不是說父權體制從此就停止反撲、復辟，也不是說女性書寫從此就進入了順境。《殺夫》是第一部情欲書寫獲得正式的承認，縱然噪音是如此震耳欲聾。由於李昂敢於以負面書寫的策略批判父權文化，使後來許多女性作家得以順勢開展新的書寫空間。

繼《殺夫》之後，李昂又次第完成《暗夜》（一九八五）、《迷園》（一九九一）、《北港香爐人人插》（一九九七）、《自傳の小說》（二〇〇〇）。故事內容固然圍繞在性的議題，但是背後隱藏的意義已提升至對台灣資本主義、民主運動與歷史記憶等等深刻批判的層次。幾乎每部小說，都招來更多的議論。然而，所有的噪音隨著時間逐漸退潮，《殺夫》的文學意義與文化意義則不斷彰顯出來，甚至已成為台灣文學在國際發聲的代表作品[26]。

不能否認的是，《殺夫》提出性暴力的議題之後，在台灣社會內部引起女性主義者的重視。誠如簡瑛瑛指出的，自一九八〇年代以後，國內女性團體開始關心家庭暴力問題，也聲

23 藍衫，〈且說《殺夫》的得獎〉，《文壇》二八一期（一九八三年十一月），頁一〇五。

24 林野，〈雖不是好作品，卻夠膽量〉，《文壇》二八一期（一九八三年十一月），頁一一七。

25 《殺夫》引發圍剿的過程，可參閱顏利真，〈從鹿港到北港：解嚴前後李昂小說研究（一九八三—一九九七）〉（台中：靜宜大學中文所碩士論文，二〇〇〇）。

26 《殺夫》已有日文、韓文、英文、法文、德文等等的譯本。李昂也因為此書而不斷受到邀約出席國際會議。參閱莫昭平，〈李昂——台灣作家的一張「國際牌」〉，《中國時報》，一九八八年一月六日。此文特別指出，《殺夫》在世界出版界掀起外語翻譯風潮。

援了一九九三年鄧艾雯的殺夫案，並且也擴大關心雛妓的問題[27]。這種在文化層面延伸出來的波紋，至今仍然未止未息。女性書寫的意義，因《殺夫》的問世而得到進一步的肯定。

後《殺夫》時期的文學版圖越來越可觀，因為它帶來極為寬闊的想像。女性書寫可以與歷史結合，也可以與政治發生聯想。在台灣社會還未正式解嚴之前，李昂已率先宣告身體的解放了。以中華民族主義為後盾的戒嚴威權體制之崩解，最能說明父權體制的雄風已經一蹶不振。《殺夫》在推倒這個父權堡壘的任務可能不是主力，但至少可以視為重要的助力。一九九〇年代以後，施叔青、李昂、平路、鍾文音、陳玉慧開始以女性身分重建家族史。這種女性書寫的擴張，使男性所酷嗜的國族史書寫從此不再稱霸了。

27 簡瑛瑛，〈屠刀上閃爍的月影：李昂的《殺夫》〉，《中國時報》，一九九六年一月八日。「台灣新文學發展重大事件學術研討會」宣讀論文，國家台灣文學館主辦，二〇〇四年十一月二十七—二十八日；後收入聯合報副刊編輯，《台灣新文學發展重大事件論文集》（台南：國家台灣文學館，二〇〇四），頁三〇二—一八。

台灣與東亞

現代主義及其不滿

2013年9月初版　　定價：新臺幣350元

著　　者　陳　芳　明
發 行 人　林　載　爵

出 版 者　聯經出版事業股份有限公司
地　　址　台北市基隆路一段180號4樓
編輯部地址　台北市基隆路一段180號4樓
叢書主編電話　(02)87876242轉203
台北聯經書房：台北市新生南路三段94號
電　　話：(02)23620308
台中分公司：台中市健行路321號
暨門市電話：(04)22371234ext.5
郵政劃撥帳戶第0100559-3號
郵撥電話：(02)23620308
印 刷 者　世和印製企業有限公司
總 經 銷　聯合發行股份有限公司
發 行 所：新北市新店區寶橋路235巷6弄6號2樓
電　　話：(02)29178022

叢書主編　胡　金　倫
校　　對　吳　淑　芳
封面設計　沈　佳　德

行政院新聞局出版事業登記證局版臺業字第0130號

本書如有缺頁，破損，倒裝請寄回台北聯經書房更換。　ISBN 978-957-08-4251-7 (平裝)
聯經網址：www.linkingbooks.com.tw
電子信箱：linking@udngroup.com

國家圖書館出版品預行編目資料

現代主義及其不滿/陳芳明著．初版．臺北市．
聯經．2013年9月（民102年）．256面．14.8×21公分
（台灣與東亞）
ISBN 978-957-08-4251-7（平裝）

1.台灣文學史 2.文學評論

863.09 102015809